KB141473

시하와 칸타의 장

-마트 이야기

이영도

시하와 칸타의 장
-마트 이야기

이영도

소설

PIN

025

차례

시하와 칸타의 장

PIN

025

시하와 칸타의 장
-마트 이야기

이영도

쥐틀에 걸린 요정을 보았을 때 시하는 분함에 울음을 터뜨리고 말았다.

물론 열아홉 살이나 먹고서 엉엉 운 것은 아니다. 뺨을 타고 흘러내리지도 못할 한 방울의 눈물이 맺혔을 뿐이다. 하지만 정말 오랜만의 눈물이었기에 시하는 스스로 놀라버렸다. 그리고 쥐틀 안의 요정도 이 뜻밖의 반응에 놀라 자신의 처지를 망각했다.

"저기, 인간? 괜찮아요?"

본격적으로 울음을 터뜨릴 것 같은 당혹스러운 느낌에 시하는 급히 자신을 억눌렀다.

"사람 잘못 봤어. 하나만 대답해. 너 식용이야,
아니야?"

"……뭐?"

"먹을 수 있어, 없어?"

어리둥절해하던 요정은 잠시 후 입을 떡 벌렸
다.

"잠깐, 당신 쥐 잡아먹으려고 이거 놔둔 거야?
고양이들한테 도대체 무슨 소리를 들었기에?"

시하는 쥐틀을 걷어차지는 않기로 했다. 요정
의 안위야 알 바 아니었지만 어렵게 구한 쥐틀의
안위는 다른 문제였다. 그래서 시하는 송곳을 꺼
냈다. 쥐틀에 피해를 주지 않고 철망 사이로 요정
을 찌를 적절한 각도를 탐색하는 시하를 본 요정
이 기겁했다.

"잠깐만! 그만둬! 나 못 먹어! 먹으면 죽어!"

"상관없어. 장난칠 대상을 잘못 골랐으면 죽어
야지."

"장난? 아니야! 나 당신 놀리려고 이 안에 들어
와 있는 것 아니야! 요정 여왕에 걸고 맹세해!"

"……그럼 왜 쥐틀 안에 들어간 거야? 그 지렁

이가 먹고 싶어서?"

요정은 스위치에 달려 있는 지렁이 토막을 보 곤 역겨워했다.

"저걸? 살려고 들어온 거야. 정신 나가서 달려 드는 쥐를 피하다가 뛰어든 거라고! 그러고 나갈 수 없게 된 거야! 제기랄. 내 딴엔 고정관념을 역 전시켰다고 좋아했는데 이게 도대체 무슨 꼴이 람."

요정의 팔 길이와 쥐틀의 구조를 살펴본 시하 는 요정의 말이 사실일 수 있음을 인정했다. 요정 이 자신을 농락하려 한 것은 아님을 받아들이게 되자 시하의 분노가 조금 누그러들었다. 하지만 오랜만에 느낀 강렬한 분노의 여운 때문에 시하 는 꼬투리를 잡고 싶어졌고, 그러자마자 유익한 의문이 떠올랐다.

"잠깐, 쥐가 널 노렸다면 너 먹을 수 있다는 뜻 아냐?"

"아니, 그 미친 쥐도 그러더니 도대체 왜 요정 을 식재료 취급 못 해서 안달이야? 이봐, 당신은 쥐가 아니잖아, 응? 인간이잖아!"

시하는 송곳을 꼬나 쥐었다. "먹을 수 있군."

"제기랄. 인간이면 머리를 좀 쓰라고! 도대체 얼마나 굶었으면. 요정이잖아, 요! 정! 당신 싸구려 쥐틀로 요정을 잡았다고! 쫓기는 바람에 제 발로 당신 쥐틀에 뛰어든 요정!"

영문을 몰라 하던 시하는 조금 후에야 요정의 말뜻을 이해했다.

"풀어주면 뭔가 신기한 보답을 하겠다는 거야?"

"그래! 당연한 거 아냐? 분명히 몸값 이야기가 나올 거라고 예상하고 있었는데 웬 정신 나간 여자애가 나타나서 송곳을 들이댈 줄은 몰랐네. 먹어? 먹겠다고? 제정신인가. 거위 배를 가른 거야 더 많은 황금을 노린다는 합리성 비슷한 거라도 있었지, 이건 그냥 배가 고프니까 거위를 잡아먹 겠다는 헛소리……."

흥분해서 투덜거리던 요정의 기세가 누그러들 었다. 시하는 그 이유를 짐작할 수 있었다. 못 먹어서 좋은 점은 기름기 때문에 생기는 피부 문제에서는 자유롭다는 것이다. 시하의 피부는 상당히 매끄럽다. 그게 구두나 가방용 가죽에 보낼 법한 찬사라서 그렇지. 그런 뻣뻣하고 생기 없는 살갗이 감싸고 있는 팔다리는 깡말라서 햇빛이 조금만 약해도 그림자가 잘 안 생길 지경이다. 요정은 어깨를 움츠렸다.

"그렇다고 듣기는 들었는데, 당신들 사정이 정말 안 좋은가 보군."

"아무렴. 요정이 숨겨놓은 황금 단지 같은 건 아무 쓸모가 없지."

"거위 이야기는 그냥 비유였어. 난 황금 같은 건 없어." 요정은 시하를 슬쩍 외면했다. "금붙이를 내놓을 요정이었다면 여기 있지도 않았을 텐데."

"무슨 소리야?"

"금이나 보석 같은 걸 취급하는 요정이라면, 그러니까 그런 걸 보관할 금고 같은 걸 가지고 있고 남의 금고에 침입하기도 하는 요정이었다면 이런 쥐틀에 갇혀서 못 나가는 일 같은 건 없을 거라고. 잠금장치 같은 걸 다루는 것에 능숙할 테니까."

시하는 그 말에도 일리가 있음을 깨달았다. 그리고 처지 때문에 드러내놓고 그러지는 못하지만 요정이 자신에게 바보 판정을 내리고 싶어 한다는 것도.

"너한테도 너만의 장점은 있어. 너를 대하는 쥐의 태도로 보건대 넌 훌륭한 쥐 미끼의 자질을 가지고 있는 것 같은데."

"어험, 오해도 풀렸으니 이제 지성체답게 예의를 좀 갖춰보면 어떨까 하는데. 난 데르긴이야."

"나한테 뭘 줄 수 있지, 데르긴?"

"……뭐가 필요한데, 인간?"

"먹을 것."

시하의 단호한 태도에 데르긴은 질린 기색을 보였다.

"건강이나 장수, 놀라운 매력 같은 소박한 것엔 관심이 없나 보군, 인간."

"누구 좋으라고."

"응? 무슨 말이야?"

"그건 전부 자식을 위한 거잖아. 매력으로 좋은 짝을 찾고 건강으로 안전하게 자식을 낳고 장수로 오랫동안 양육한다."

데르긴은 입술을 동그랗게 만들었다.

"틀린 말은 아니네. 그런 식으로 보고 싶다면 유전자들을 위한 것이라고 해야 정확하겠지만."

"자식이든 유전자든 남 좋으라고 살 생각 없어. 물론 널 위해 뭘 해줄 생각도 없고. 먹을 것 내놔. 안 그러면 지렁이와 요정 중에 어떤 것이 더 좋은 미끼인지—"

시하는 협박을 완성하지 못한 채 쥐틀을 낚아챘다. 급격한 움직임에 나가떨어진 데르긴은 정신없이 철망에 매달려야 했다. 쥐틀이 놓여 있던 하수 배출구 옆 마른 도랑을 따라 달리던 시하는 무너진 건물 더미에 숨어들었다. 쥐틀이 바닥에 놓인 후 겨우 항의할 기력을 회복한 데르긴은, 벽에 몸을 붙이고 손도끼를 쥔 채 창밖을 훔쳐보는 시하의 모습을 보곤 항의를 유보하기로 했다. 애석하게도 시점이 좋지 않아서 데르긴이 볼 수 있는 건 그게 전부였다.

잠시 후 시하가 천천히 몸을 기울였다. 그녀는 언제라도 머리를 끌어당길 준비가 된 거북이나

달팽이처럼 창문으로 머리를 내밀어 주변을 살폈
다. 시하가 혐오감을 담아 말한 호칭은 데르긴에
게 낯설었다.

"마트 놈들이 미쳤나. 여기가 어디라고."

"마트 놈들이 뭔데, 인간?"

이마의 땀을 훔치던 시하는 어떻게 할까 고민
하며 쥐틀 안의 요정을 바라보다가 다시 창밖을
보았다. 지저분한 보랏빛 구름 아래 공기는 누르
스름하지만 아직 주위를 충분히 식별할 만큼 밝
았다. 하지만 이 시대의 밤은 동쪽 하늘에서 오는
것이 아니라 그냥 모든 하늘에서 갑자기 나타난
다. 얻은 것이 없다는 점이 불만스러웠지만 시하
는 돌아가야겠다 결정하고 쥐틀을 집어 들었다.

"인간, 어디로 가는 거지?"

"헨리동물원."

"동물원? 나는 갇혀 있는 동물 구경엔 별 관심
이 없는데. 그냥 좋은 만남이었던 걸로 하고 다음
엔 더 좋은 만남을 가지길 기약하며 작별하면 어
떨까, 인간?"

"먹을 것."

데르긴은 주변을 둘러보았다. 바람이 불 때마다 삐걱거리는, 죽은 도시의 사후 경련이 가득한 폐허를 보며 요정은 심란한 얼굴이 되었다.

"인간, 이 근처에 다른 요정들이 얼마나 있어?"

"요정 사정을 왜 나한테 물어."

"아까 인간은 요정 여왕이 누구냐는 식으로 되묻지는 않았잖아. 어느 정도 아는 게 있는 것 같은데. 난 어제 이 세계에 왔다고. 인류가 자살했다는 이야기를 들은 건 오래전이지만 그래도 확실히 하는 것이 좋을 것 같아서 늑장을 부렸지. 그리고 여기 오자마자 한 시간도 되기 전에 식용 설치류한테 쫓겨 쥐틀에 뛰어들었고. 천천히 둘러보고 다른 요정을 찾을 여유가 없었어."

시하가 걸음을 멈췄다. 그녀는 의심스럽다는 듯이 쥐틀 안의 요정을 보았다.

"자살?"

"응? 듣기 뭣한가. 나도 다른 식으로 말할 수 있으면 좋겠지만 자기 생존 조건을 자기 손으로 파괴해서 멸망하게 된 걸 타살이라고 하긴 어렵잖아."

"너희도 많이 도운 걸로 아는데."

"뭐?"

"왜? 내가 잘못 말했어?"

"그걸…… 아, 무슨 소린지 알겠네. 이봐, 인간. 우리 환상종은, 뭐랄까, 불치병으로 섬망에 빠진 사람이 보는 환각 같은 거야. 빈사상태인 인류가 울고 웃으며 보는 환상이지. 환상종은 병인이 아냐. 병증이라 하면 몰라도."

시하는 커다란 눈을 깜빡였다. 데르긴은 부연해보기로 했다.

"심근경색의 원인을 좁아진 혈관이라고 말할 수도 있겠지. 하지만 보통 원인이라고 하면 혈관을 그렇게 만든 식습관이나 생활양식을 꼽잖아. 그래, 가루다가 비행기를 사냥하고 무스펠이 유전 지대를 불바다로 만들고 크라켄이 컨테이너선을 침몰시켰다지. 그렇다 해도 인류 멸망은 자살이야. 우리 환상종은 비유하자면 '비정상적으로' 좁아진 혈관 같은 거니까."

"너희가 와서 우리가 망한 것이 아니라 우리가 망해서 너희가 왔다?"

"맞아, 그거지, 인간. 환상종이 그 과정을 가속했을 수 있지만 그건 중력이 자살자를 죽였다는 말이나 다름없는 소리지. 그럴 경우 범인은 그 자신, 하다못해 목에 두른 올가미라고 말하는 편이—"

"알았어."

시하는 불만족스럽다는 태도를 과장되게 해 보이는 데르긴을 무시한 채 콘크리트 덩어리 밑으로 기어 들어갔다. 몇 번 배를 바닥에 비비며 수십 미터를 지난 후 다시 일어선 시하가 말했다.

"요정에 대해선 왜 물어본 거야? 탈출을 도와줄 동족을 찾는 거야?"

"절대 아니라고 말하면 인간을 놀리는 수작이겠지. 하지만 그보다는 내 몸값을 변통해보려는 생각이 더 커. 내가 인간에게 줄 음식을 주머니에 넣고 다니지는 않거니와 여기 갇힌 상태에서 그걸 구할 수도 없잖아. 그러니까아니인간잠깐또왜그래이미친인간아설명을좀햇!"

바닥에 놓인 쥐틀 속에서 데르긴은 자신을 향해 다가오는 송곳을 보며 악을 썼다. 시하는 군이 설명을 해야 하나 의문스러웠지만 곧 생각을 바꿨다.

"이 근처엔 요정이 없어. 헨리 때문에 그, 환상
종? 어쨌든 너희 같은 것들은 얼씬도 하지 않아.
그러니 넌 몸값을 변통할 수 없어. 내가 요정 여
왕을 아는 건 어릴 적 살았던 하수처리장 근처에
물의 요정들이 있었기 때문이야. 물을 정화할 수
있다는 헛소문 때문에 납치당하는 일이 지긋지
긋해서 보란 듯이 그 구정물에서 살기로 한 거야.
그 꼴을 보면 납치를 관둘 테니까. ○○시 하수처
리장이었고, 거기서 이름을 따서 내 이름은 시하
야. 더 알고 싶은 것 있어?"

시하는 실망했다. 데르긴은 이야기에 귀를 기
울이거나 그 이름의 유래에 대한 적절한 반응을
보이느라 빈틈을 노출하지는 않았다.

"헨리는 뭔데? 시하?"

"내가 사는 동물원 주인이지. 헨리 이름을 따서
헨리동물원이라고 불러."

"환상종이 동물원 주인 때문에 얼씬도 하지 않
는다니, 왜?"

시하는 포기하고 쥐틀을 들어 올렸다. 그냥 쥐

틀째로 굽든가 물에 던지든가 해야겠다고 생각하며, 그리고 그 생각을 혼잣말로 중얼거려서 데르긴을 환장할 지경으로 만들며 시하는 헨리동물원에 도달했다.

데르긴은 헨리가 누군지 알게 되었다. 그리고 왜 환상종이 얼씬하지 못하는지도.

도버해협 서쪽에선 헨리, 동쪽에선 앙리라고 발음되는 이름의 기원은 게르만이다. 하지만 헨리동물원의 주인인 헨리는 게르만과는 아무 관계가 없다. 물론 세계화 이후 케빈 같은 이름을 들으면 그 소유자가 아일랜드계일 가능성만큼 중국계일 가능성도 염두에 두어야 하게 된 건 사실이지만 헨리는 중국계도 아니다. 헨리는 그 본명이 아헨라이즈였을 뿐이고 동물원 사람들이 부르는 약칭이 헨리가 된 것은 당사자도 수용할 만큼 자연스러운 일이었다.

데르긴은 반파된 기린 방사장 한가운데에 앉아 있는 헨리를 멍한 눈으로 바라보며 중얼거렸다.

"헨리는 가장이나 가문의 우두머리라는 뜻이

야. 독일식인 하인리히에서 그 어원이 더 뚜렷하게 보이지. 하인은 집, 리히는 지배자."

"그래? 희한하네."

시하는 150미터쯤 떨어져 있는 헨리를 향해 손을 흔들었다. 헨리는 미동도 하지 않은 채 눈동자만 시하 쪽을 한번 향했다가 다시 지금껏 주목하고 있던 것, 그러니까 허공을 직시했다. 언제나와 같은 환대에 안도하며 시하가 질문했다.

"그러면 아헨라이즈는 무슨 뜻인데?"

"지랄하네의 애너그램 같은데."

시하는 걸음을 멈추고 두 손으로 쥐틀을 들어 올렸다. 쥐틀 안의 데르긴은 그녀의 커다래진 눈을 마주 보며 진지하게 고개를 끄덕였다.

"농담이야."

"데르긴은 뒤질래의 애너그램이야?"

"그건 좀 억지스럽다."

"승복."

"드래곤의 이름이 무슨 뜻인지는 아무도 몰라. 자기들도 잘 모른다는 이야기마저 있을 정도지. 저것들이 하는 행동도 이해하기 어렵고. 하지만…… 그래도 그렇지 저 드래곤은 도대체 여기서 뭘 하고 있는 거야?"

뭘 하고 있냐고 물었으니 이 질문에 대한 정확한 대답은 '인간이 건설했던 모든 것과 마찬가지로 폐허가 된 옛 동물원 터에 자리를 잡고 그곳에 사는 사람들의 수동적 보호자 노릇을 하고 있다'가 될 것이다. 그보다 괜찮은 이름을 아무도 떠올리지 못해서 모두가 헨리동물원이라고 부르고 있는 이 거주지의 사람들은, 그래서 최소한 안면 문제에 있어서는 이 시대의 다른 이들보다 사정이 나은 편이다. 흡혈귀나 몽마 등의 습격을 염려할 필요 없이 잠들어도 된다는 뜻이다.

"드래곤이 인간을 보호한다고?"

"그냥 헨리가 여기 있어서 다른 위험한 것들이 안 온다는 것뿐이지만."

"자기 자신의 위험성은 어쩌고?"

"헨리가 처음 여기 온 날 여기가 뭐 하는 곳이냐고 물었는데 누가 이곳은 동물을 보호하는 곳이라고 말했던 모양이야. 헨리는 그러면 여기선 사람을 안 잡아먹겠다고 결정했고."

데르긴은 조금 후 낄낄거리기 시작했다. 시하는 다시 한 번 요정이 머리가 괜찮다고 생각했고 연기력은 고만고만하다고 생각했다.

"그럴 거면 때맞춰서 밥도 주고 아프면 돌봐주기도 해야 할 거 아냐. 헨리는 그냥 건드리지 않고 내버려둘 뿐이야. 그것 말고도 하는 것이 있기는 하지만—"

무서운 속도로 몸을 낮춘 시하는 왼손에 쥔 쥐틀을 내려놓고 그 옆의 돌을 낚아채면서 오른손으론 손도끼를 뽑아 들었다. 그러나 그녀가 다시 일어섰을 땐 돌은 오른손에, 손도끼는 왼손에 있었다. 활의 나라였던 한국에는 그런 전통이 없지만 한 손 병기 문화가 발달했던 지역에선 많은 이야기꾼들이 바로 이 묘기로 기민한 전사를 묘사하곤 했다. 무기 손 바꾸기. 이 터무니없는 시대착오 및 공간 착오에 입을 떡 벌린 데르긴이 바라보는 가운데 시하는 무너진 건물 잔해의 그림자를 노려보았다.

잠시 후 시하는 돌을 툭 떨어뜨리곤 심드렁하게 쥐틀을 들어 올렸다. 그리고 건물 그림자와 잔해 무더기의 일부가 사람으로 바뀌었다. 회색 판초 같은 것을 젖히며 일어난 20대 중반쯤으로 보이는 남자는 터벅터벅 다가오며 말했다.

"페르시아의 황제도 신축성 있는 팬티는 가지고 있지 않았어."

데르긴은 전혀 놀라지 않는 시하의 모습에 놀랐다. 시하는 그저 짤막하게 "뭐?"라고만 했는데 의문이나 당혹감의 표현이라기보다는 계속 말하라는 추임새처럼 들렸다.

"따로 끈으로 묶은 것도, 접착제를 바른 것도 아닌데 입기만 하면 몸에 착 붙어서 흘러내리지 않는 마법 같은 속옷은 샤한샤도 상상할 수 없는 물건이었다고. 하지만 샤 중의 샤는 그런 팬티 한 장 없이도 자기가 가장 위대한 인간이라고 믿으며 살았지."

"알려줘서 고마워."

남자는 정중히 고개를 끄덕이고는 쥐틀 안의 데르긴을 바라보았다.

"이건 뭐야?"

"요정. 뭐 하러 왔어?"

"요정? 이게 요정인가. 왜 쥐틀에 요정이 들어가 있는 거야?"

"쥐를 피하려고 뛰어들었다가 못 나오게 됐다던데."

"그래? 쥐를 피하려고 쥐틀에 들어간다? 하하! 쥐를 쥐틀 밖에 가뒀군. 멋지네."

의외로 맑은 목소리에 데르긴은 자신이 추정했던 남자의 나이를 대폭 낮췄다. 덥수룩한 수염 때문에 짐작하긴 어려웠지만 어쩌면 20대 초반이나 10대 후반일지도 모른다. 그리고 데르긴은 자신이 해냈던 고정관념의 파괴를 알아주었다는 것 때문에 소년에 대한 인상도 조금 바꿨다. 소년이 흥미로워하며 다음 말을 꺼낼 때까지.

"이건 어떻게 먹지. 똥구멍에 꼬치를 꿰서 구우면 되나."

데르긴은 인류에게 어떤 조사도 바치지 않겠다고 결심했다. 시하가 말했다.

"줄까?"

"기미 상궁 하라고? 이거 줄 테니 봐줘."

남자는 작은 플라스틱병 하나를 내밀었다. 시

하는 그 손을 물끄러미 바라보다가 목이 약간 쉬어 말했다.

"응?"

"준다고."

"이게 뭐야?"

"꿀."

시하의 손이 발작적으로 꿈틀거렸다.

"이걸 왜 주는데, 칸타?"

"어제 집 안 정리하다가 찾았어. 운이 좋았지. 꿀은 안 썩으니까. 그래서 처박아뒀다가 잊은 것이겠지만."

"집 안 정리는 왜 했는데?"

칸타는 대답하는 대신 팔을 내뻗었다. 잠시 후 시하는 꿀병을 집어 들었다. 그녀는 거기에 시선을 고정한 채 말했다.

"마트에 갈 생각이야?"

"많이 지저분해서 정리할 필요는 있었어."

"밖에서 마트 패거리를 봤어."

"그래?"

"그것들이 이 주변까지 왔다고. 이 계절이면 지

금 즉시 돌아가도 밤 되기 전까지 마트에 도착 못
할 수도 있는데. 그게 무슨 뜻 같아? 마트퀸은 계
속해서 자기네들 사정이 좋은 척 자랑하지만 사
실 상황이 안 좋은 거야. 그렇잖다면 왜 위험을
무릅쓰고 이렇게 멀리―"

"나 만나러 온 거야."

"뭐?"

칸타가 손을 들어 시하의 뒤쪽을 가리켰다. 급
히 몸을 돌린 시하는 아무것도 발견하지 못하고
당황하다가 초점을 멀리 맞춰야 한다는 것을 깨
달았다. 1킬로미터쯤 떨어진 곳에서 가느다란 연
기가 피어오르고 있었다.

"상황이 안 좋아진 것이 아니라 활동 영역이 넓
어진 거라고 해석해야 해. 나한테 그걸 보여주면
서 찾아오는 예우도 보여주는 거지. 이야기 좀 진
지하게 들어줘야겠네."

"알았어. 꺼져."

"세이브?"

시하는 손바닥으로 허공의 무엇인가를 누르는
시늉을 했다. 칸타는 고개를 까딱이고 그 자리를

떠났다. 데르긴은 원래 무엇이었는지 알기 힘든 고철 더미에 바람이 매였다가 풀렸다가 하는 소리를 잠시 감상하다 지나가는 말처럼 말했다.

"내가 아는 것과 맞지 않아서 묻는 건데, 칸타가 한국식 이름이었어?"

쥐틀이 불쑥 들어 올려졌다. 칸타가 앉아 있던 파석 무더기를 돌아 반파된 건물의 창문을 넘어 들어간 시하는 손전등을 꺼내더니 어두컴컴한 건물 내에서 몇 번 진행 방향을 바꾸었다. 얼마 후 데르긴은 원래 대형 포유류의 내실이었던 듯한 우리를 보게 되었다.

관람객을 향하는 외실이었다면 그런 것이 있을 리 없지만 내실이었기에 철망과 철책 사이에는 사육사가 드나드는 문이 있었고 거기엔 자물쇠 걸린 쇠사슬이 감겨 있었다. 시하는 열쇠를 꺼내 문을 열고 안으로 들어서더니 안쪽에서 다시 자물쇠를 채웠다. 우리 안에선 동물 노린내 같은 것은 별로 풍기지 않았지만 대신 피 냄새가 제법 나서 데르긴은 긴장했다.

시하가 손전등을 바닥에 내려놓은 후 데르긴은

주위를 살폈다. 쥐틀은 바닥에 놓여 있었고 조금
떨어진 곳, 벽 아래쪽에는 침낭이 깔려 있었다.
시하는 그 침낭에 주저앉아 피곤한 듯 얼굴을 쓸
어 만지고 있었다. 데르긴이 플라스틱 상자들과
몇 개의 컵과 그릇, 그리고 그 위에 무엇들이 올
라갔는지 생각하고 싶지 않은 도마와 그 위에 뭐
라고 쓰여 있는지 궁금해지는 책들을 살피고 있
을 때 커다란 한숨 소리가 울렸다.

뒤를 돌아본 데르긴은 샌드위치의 포장을 벗기
고 있는 시하를 발견했다.

유머의 성실한 옹호자로서 데르긴은 충격에서
빠르게 회복했고 잠시 후엔 제법 괜찮았다는 생
각까지 하고 말았다. '식용이냐고? 쥐틀째로 굽거
나 물에 던져? 하!' 물론 꽤씸한 건 꽤씸한 것이
었기에 데르긴은 상당히 싸늘한 비평으로 시하의
장난을 평가하려 했다. 하지만 데르긴은 시하의
표정을 보곤 샌드위치를 다시 관찰할 필요를 느
꼈다. 시하는 자신의 입과 샌드위치 사이에 존재
하는 거대한 척력을 극복하려 고군분투하는 것처

럼 보였다. 약간의 추리 끝에 요정은 이해했다.

"그거, 그런 물건에서 나온 음식이군. 뭔가가 끝없이 나오는 물건, 아니, 예전에 넣은 것과 똑같은 것이 계속 나오는 그런 마술 도구가 있는 거지? 솥? 단지? 맷돌?"

힘없이 샌드위치를 우물거리던 시하의 눈이 커졌다. 다음 순간 시하는 날아올라 쥐틀로 쇄도했다. 잠깐 동안 데르긴은 시하가 쥐틀 안으로 들어올 거라 확신했다. 그 정도의 기세로 쥐틀에 얼굴을 들이대며 시하가 외쳤다.

"전자레인지. 왜 이런 건지 아는 거야? 고장 난 거야? 고칠 수 있어? 그러면 놔줄게!"

"어, 어디 있는데?"

"내가 가지고 있는 건 아냐. 식당에 있는데 이 동물원 사람들이 다 이용하는 거야. 마녀레인지라고 불러. 이건 마녀샌드위치고. 그 전자레인지를 만든 게 마녀인가봐. 아, 가자! 보여줄게. 고치기만 하면 바로 놔줄게!"

"잠깐만, 시하! 난 그거 못 고쳐!"

쥐틀을 들고 일어선 시하가 믿을 수 없다는 표

정으로 데르긴을 바라보았다.

"왜! 왜 보지도 않고 그렇게 말하는 거야? 직접 보기 전에는 모르는 거잖아?"

"아니, 일단 내려놔봐. 제발, 응? 응, 고마워. 고칠 수 없는 건 고칠 게 없기 때문이야. 그 샌드위치가 그 지경이라는 것이 바로 그 마녀레인지가 정상적인 물건이라는 증거거든."

시하는 기가 막혔다. "정상?" 시하는 팽개쳤던 샌드위치를 증오스럽게 가리켰다. "저건 쥐 미끼로도 못 써! 저걸 먹으면 정말, 정말이지……."

시하는 구역질을 참느라 말을 마무리하지 못했다. 데르긴은 동정 어린 어조로 말했다.

"옛날에 넣었던 것과 완전히 똑같은 것이라서 그래. 그건 다르게 말하면 계속 살아 돌아오는 과거지."

"살아 돌아오는 과거?"

"응, 보통 그런 물건들은 소유자의 어리석음 때문에, 혹은 소유권 다툼 때문에 부서지곤 해서 그런 문제가 잘 드러나지 않아. 아니면 소금이나 밀가루처럼 가공할 수 있는 원재료들을 내놓아서 문제가 되지 않거나. 하지만 그 마녀레인지라는 것처럼 완제품을 내놓는 물건이 오랫동안 문제없이 작동까지 한다면 그렇게 되는 거지. 계속해서 현재를 따라잡는 과거."

비로소 시하는 헨리동물원 사람들이 품고 있는 의문, 그러니까 분명히 맛도 괜찮고 탈도 일으키지 않으며 사실상 헨리동물원 사람들의 생존을 뒷받침하고 있는 은혜로운 음식인 마녀샌드위치를 먹을 때마다 왜 자신이 단기 기억상실을 소망하게 되는지에 대한 대답을 얻게 되었다. 그 대답을 완전히 이해한 건 아니지만.

"샌드위치를 꺼내고 다른 걸 집어넣는 건 이미 시도해봤겠지? 그래, 꺼내도 바로 생기니까 비울 수가 없겠지. 어쩔 수 없어. 비우고 재설정할 수 있게 만들려면 복잡하고 안정성도 떨어지니까. 마술을 몰라서 관리를 못할 사람들이 쓸 거라면 튼튼해서 막 쓸 수 있도록 단순하게 만들어야지. 약 올리려고 만든 것이 아니라 배려가 담겨 있는 좋은 물건이긴 한데, 그러니 '고친다'는 건 불가능—"

"걔 보호자였던 사람이 칸타타라는 카페 폐허

에서 걔를 주웠어."

잠시 영문을 몰라 하던 데르긴이 "아" 하고 대답했다.

"세이브는 무슨 소리야?"

"작별 인사."

"흐음. 뭐, 원래 굿바이Goodbye는 신이 당신과 함께하기를God be with you 바란다는 말이었지."

"뭐?"

"어떤 말이 오래 쓰이면 언뜻 봐선 그 어원을 알 수도 없을 만큼 변화…… 됐어, 신경 쓰지 마. 마트 패거리라는 건 뭐지?"

시하는 느릿한 동작으로 침낭을 열고 그 안에 다리를 집어넣으며 말했다.

"바보들."

"네가 그 사람들을 어떻게 생각하는지 알려준 건 고마운데 괜찮다면 그 사람들이 자기들을 어떻게 생각하는지도 좀 알고 싶군."

"다시 일어날 인류 제국의 시조들."

"아? 아아, 다시 일어서보자는 사람들이야?"

시하는 데르긴의 질문을 무시하고 침낭 속에

완전히 들어가 머리 위까지 덮개를 끌어 올렸다. 갑작스러운 상황 변화에 데르긴은 대화를 통한 긴장 완화나 유대감 증진은 잠시 유예하기로 했다.

"시하 양? 먹을 것이 그런 것밖에 없다면 쥐를 잡으려고 했던 것도 이해해. 사냥 실패에 대해 유감도 느껴. 하지만 그런 무한 제조기가 있다면 어쨌든 굶어 죽을 염려는 없는 거잖아. 그러니 불의의 사태로 자유를 잃은 요정의 해방 문제에 대한 관심을 촉구하고 싶은데?"

시하는 데르긴의 말이 들리지도 않는 것처럼 지퍼를 끌어 올렸다. 침낭을 완전히 닫아 고치 같은 모습이 된 것을 본 데르긴은 그게 대화 거부라고 생각했다. 비슷하지만 정답은 아니었다.

곧 고치가 난폭하게 꿈틀거렸다. 입을 벌린 요정이 바라보는 가운데 침낭은 약 20초 정도 사납게 요동쳤다. 마지막 순간엔 몇 번 공중에 뜨기까지 한 침낭에서 나온 건, 물론 나비가 아니었다. 헝클어진 머리에서 김이 피어오르고 피부는 땀에 젖어 번들거리고, 눈은 더 퀭해진 소녀였다. 다시 일어나 앉은 시하는 두 손에 얼굴을 파묻은 채 한참 숨을 고른 후 웅얼거렸다.

"요정의 고리."

"뭐?"

시하는 얼굴에서 두 손을 뗐다.

"요정의 고리. 너 요정이니까 그건 만들 수 있지? 버섯을 자라나게 할 수 있는 거지? 독버섯 같은 거 말고 먹을 수 있는 걸 자라게 할 수 있어?"

뜨악한 채 시하를 보던 데르긴이 웃음을 터뜨렸다.

"요정 농법? 세상에, 그런 걸 생각한 거야? 비꼬는 것이 아니라 진짜 대단하다. 역시 인간이라면 이래야지."

시하는 음침한 무표정으로 그 평가에 대한 소감을 갈음했다. 데르긴은 헛기침을 했다.

"흐음. 물론 버섯을 줄 수 있어. 그런데 그거 만들어주면 나 놔주는 거야?"

"얼마나 만들 수 있는데?"

"내 몸값으로 얼마나 생각하고 있는데?"

시하는 주위를 살펴보다가 플라스틱 상자 하나

를 가리켰다.

"저걸 채울 수 있어?"

"저 정도라면 못할 정도는 아닌데. 그런데 네가
에스파냐인처럼 행동하지 않을 거라고 어떻게 믿
지? 넌 여왕 폐하께 걸고 맹세할 순 없잖아."

시하는 어깨를 으쓱이더니 무시무시한 말을 꺼
냈다.

"헨리한테 걸고 맹세하지. 너도 그렇게 해."

"어, 어이. 그거, 그거 정말 화, 확실하긴 한데,
음. 그건 인정해. 편법이나 오용의 여지도 없어.
하지만 드, 드래곤한테 함부로 맹세 같은 것, 거
는 거 아냐. 아니, 계약이라는 건, 내가 어기겠다
는 건 아닌데, 그러니까 천재지변 같은 사태나,
뭐, 부득이한 사정이랄까, 그런 걸 감안할 때 공
평하지가 않잖아. 근처에 버섯을 자라게 할 만한
곳이 없을 수도, 어, 이보세요? 지금 뭐 하는 거
지? 시하 양? 지금 어디 가는 거죠? 설마? 아니
지? 시하? 음? 야! 하수처리장! 내 말 좀 들으라
고!"

쥐틀 안에서 설득하고 애원하고 악을 쓰던 데르긴은 기린 방사장이 눈에 들어오는 지점에서 입을 다물었다. 그래서 시하는 여정의 마지막 몇 분을 고요 속에서 마칠 수 있었다.

"헨리, 거래를 요청해."

헨리가 고개를 돌렸다. 익숙한 시하는 놀라지 않았지만 데르긴은 요정체 자연발화를 일으킬 지경이 되었다. 드래곤은 거대한 몸에 어울리는 느린 동작이 아니라 조그마한 새가 그러듯이 순식간에 고개를 홱 돌렸다. 그런데 다음 동작은 완만했다. 서서히 몸을 일으켜 두 걸음 정도 움직이는 모습은 육중한 무게감이 느껴지는 느릿한 동작이었다. 하지만 헨리가 시하의 정면에 다시 앉아 머리를 낮추는 과정은 눈에 보이지도 않을 만큼 빨랐다. 데르긴은 엉망진창인 속도감에 멀미가 날 것 같았다.

헨리는 입을 움직이지 않은 채 말했다. 혼자서 말하는데 화음이 있어서 데르긴의 멀미가 더 심해졌다.

"가을 내내 말했고, 여름 내내 노래했더랬다.

심지어 눈코 뜰 새 없는 봄철에도, 두 번째 파종을 할 때 이미. 집에 창문으로 삼을 조그마한 구멍 하나만 내고 꼭꼭 숨으라고. 수오미 땅의 구혼자들에게서 잉아의 흥얼거림을 감추고 소녀가 조용히 그녀의 옷을 짤 수 있는 집에."

"갈기를 나부끼는 말이라면 쉽게 숨길 수 있으나 치렁치렁한 머리채를 늘어뜨린 처녀를 숨기기란 어렵다. 바다 한가운데 돌로 요새를 짓더라도 처녀를 보호할 순 없다. 강철 편자를 단 군마를 타고 뾰족한 투구를 쓴 구혼자 한 무리가 없다 하더라도 소녀가 여인이 되는 것을 막을 순 없다."

"원하는 바를 말하라."

"내가 이 요정을 붙잡았어. 이름은 데르긴이야. 요정의 고리를 만들어주면 풀어주기로 했어. 식용 버섯을 얻으려고 해. 데르긴은 내 약속에 대한 보장을 받고 싶어 해. 그래서 그러는데 너한테 걸고 맹세해도 될까? 어느 쪽이든 약속을 지키지 않는 쪽은 너한테 제재를 받는다는 식으로 하면 될 것 같은데."

"거절한다."

시하는 익숙해서 별로 신경 쓰이지도 않는 실망감 속에 고개를 끄덕였다. 그녀는 쥐틀을 들어올렸고, 무시무시하고 절박한 요정의 얼굴을 마주하고 주춤했다.

"비듬 날리려고 머리 달고 다니냐? 마녀레인지를 고쳐달라고 해!"

"이미 해봤어. 거절당했고. 왜 그랬는지 궁금했는데 네가 아까 알려줬지. 고칠 게 없다면서."

"그게 아니고! 응? 그래, 물론 해봤겠네. 해봤어야지. 아니, 하면 안 되잖아! 고칠 것이 없으니까! 이런, 젠장. 내가 무슨 말을 하는 거야? 그래, 정상적인 물건을 고쳐달라고 요청했으니까 이 드, 이분께서 거절하신 거야. 재설정할 수 있게 해달라고 해!"

시하의 눈이 커졌다. 그녀가 그대로 드래곤에게 말을 걸 기세임을 알게 된 데르긴은 발작적으로 시하를 멈춰 세웠다.

"잠깐만, 잠깐만! 제기랄. 하도 어이가 없어서 안 도와줄 수가 없네. 이분과 거래를 할 수 있으면서 그따위 쓰레기를 먹고 있었다고? 일단 사정 좀 들어보자. 뭘 좀 알아야지. 도대체 어떻게 이 분과 거래를 할 수 있게 된 거야? 아까 그 문답은 뭐고? 『칼레발라』 같던데."

그래서 시하는 헨리가 동물원 사람들에게 시 나 노래들을 외우게 했고 정확하게 암송하는 조 건으로 거래 요청을 들어준다고 설명했다. "동음 이의어라 헷갈릴 텐데, 들어주는 거야. 사실 거절 할 때가 더 많아. 방금처럼. 하지만 가끔은 정말 로 들어줘." 사실상 거의 다 짐작한 내용이었기에 데르긴은 화병으로 쓰러질 것 같았다.

"이분이 왜 그러셨는데? 아, 됐어. 이유는 설명 안 하시고 그냥 그렇게 선언하셨지?"

"맞아."

"좋아. 들어주신다? 그러다 가끔은 들어주시 고? 그럼 틀리면 어떻게 되는데?"

"먹어."

"……그것도 나이를 먹는다거나 귀가 먹었다의 경우처럼 동음이의어가 있는 말이긴 하지만, 아 무래도 아닌 것 같은……."

데르긴은 허파를 뱉어낼 뻔했다. 별로 대답할

필요가 없다는 판단을 내린 시하는 그대로 헨리에게 말했다.

"헨리, 거래를 요청해."

"오, 또 말해보라, 빛나는 천사여. 이 밤, 내 머리 위에 있는 그대는 게으른 구름을 가로질러 날아가는 그 모습 필멸자들이 눈을 치켜떠 바라보기만 해도 쓰러질 천상의 사자와도 같이 고귀하도다."

"오, 로미오, 로미오. 어찌하여 그대는 로미오인가. 그대의 아버지와 그대의 이름을 버려라. 그리할 수 없다면, 내게 사랑을 맹세하라. 그러면 나 캐퓰릿을 버릴 테니."

"원하는 바를 말하라."

"헨리, 마녀레인지 알지? 카페테리아에 있는, 샌드위치 계속 나오는 거. 그거—"

"거절한다."

시하는 어깨를 늘어뜨리고 쥐틀을 내려다보았다. 그리고 철망 사이로 두 팔을 내밀어 조그마한 손을 미친 듯이 흔들고 있는 요정을 발견했다.

"이리 와! 이리 와! 제발 가까이 와서 한 대만

맞아! 부탁이야! 아니, 그냥 손가락 좀 집어넣어. 안 물 테니까 집어넣어봐! 이 바보야, 요정 말 좀 끝까지 들어. 첫 번째 샌드위치 있어? 그러니까 마녀레인지를 재설정할 수 있게 되면 넣을 음식은 있냐고? 복사할 원본 말이야!"

"아."

"아마 그래서 이분께서 거절했을 거야. 네가 준비도 하지 않은 채 어리석은 소리를 하니까. 아닐 수도 있지만, 난 드래곤이 아니잖아. 내가 어떻게 그런 고귀한— 그런데 나였다면 부탁을 들어주기에 앞서서 그걸 물어봤을 것 같아. 일단 미친 짓 그만하고 여길 좀 떠나자. 좀 멀어지자고, 제발! 나 여기선 말도, 생각도 제대로 못 하겠어. 죄송합니다, 죄송합니다, 죄송합니다! 제가 워낙 낯가림이 심한 요정이어서요. 제발, 시하아아아!"

시하는 데르긴을 물끄러미 바라보다가 고개를 끄덕였다.

"헨리, 거래를 요청해."

데르긴은 웃음을 터뜨리고 말았다. 전혀 즐겁지 않은, 듣는 쪽의 정신이 이상해질 것 같은 그

웃음소리를 무시하며 헨리가 말했다.

"나는 밤을 향해 말했다. 오, 지긋지긋한 밤이여. 제발 사라져서 새벽이 오게 해주지 않을 텐가. 비록 새벽도, 그것이 온다 한들, 그대보다 나을 것은 없을 테지만."

"얼마나 대단한 밤인가. 별들은 삼밧줄로 야즈불산에 매인 듯하고 플레이아데스 무리는 아마 끈으로 화강암 바위 턱에 매달려 있는 듯하네."

"원하는 바를 말하라."

"마녀레인지에 넣을 버섯 요리를 만들고 싶어. 요정이 식용 버섯을 기를 수 있는 제일 가까운 곳을 알려줘."

헨리가 왼쪽 앞발을 들어 올렸다. 허공으로 발을 들어 올리는 동작은 너무 빨랐고, 발을 내리는 동작은 너무 완만했다. 그 모습을 보는 데르긴은 자신의 눈알이 발사될까 무서웠다. 그렇게 미치도록 느리게 발을 내린 헨리가 집게손가락처럼 편 발톱으로 앞쪽의 바닥을 짚었다. 점을 하나 찍듯이.

"북북서 방향 19.24킬로미터."

데르긴의 웃음기가 싹 사라졌다. "잠깐만요! 여기가 임루 알 카이스의 무대였던 사막입니까?"

"이 지역의 식물상과 무척추동물상, 기온, 습도, 토질, 잔존 방사능, 그에 따른 토지 온도, 그리고 요정의 기예로 재배 가능한 식용 버섯이라는 조건이 유지되는 한 나는 내 판단을 철회할 의도가 없다."

"방사능? 도대체 세상을 얼마나 망가뜨린 거냐?"

어이없다는 투로 시하를 올려다본 데르긴은 시하의 커다래진 눈을 보았다. '너 헨리와 자유롭게 대화하네?' 그러자 데르긴도 자신이 방금 겪은 경험에 경악했다. 마치 질문을 들은 것처럼 헨리가 말했다.

"너는 이곳의 거주자가 아니다. 너는 내 잠재적 거래 상대가 아니다. 네가 요정의 평균 지능을 가지고 있다면 자유로이 나와 대화할 수 있다는 것이 어떤 의미인지 유추할 수 있을 것이다."

시하는 매우 축축해진 요정이 어떻게 보이는지 알게 되었다. 식은땀을 흘리며 바들바들 떠는 요정을 보자 시하도 왜 그러냐고 묻지 않을 수 없었다.

"난 이분의 잠재적 거래 상대가 아냐. 그러니까 나는 너와 달리 자유롭게 이분과 대화할 수 있고, 또, 음, 너와 달리 언제든 한때 요정이었던 얼룩이 될 수도 있어. 그렇군, 그런 논리군. 잠재적 거래 상대니까. 그리고 그 거래는 시 문답으로…… 으으음, 그렇게 설정된 것이군. 아? 그래서 이 인간들의 그 이상한 번역을 눈감아주시는 것이군요?"

헨리의 머리가, 지극히 애매한 각도와 모호한 속도로 몇 번 움직였다.

"이상한가?"

데르긴은 호흡을 멈췄다.

"어……? 혹시……?"

"어떤 부분이 이상한가?"

시하는 극도로 차가워진 요정이 어떻게 보이는지 알게 되었다. 눈물이 그렁해진 채 '제발 여기서 좀 떨어지자, 시하, 제발!' 하고 입만 뻥긋뻥긋하는 데르긴의 모습을 보자 시하는 눈꼬리를 떨어뜨렸다.

쥐틀을 바닥에 내려놓은 시하가 잠금장치를 열었다. 문이 열렸지만 데르긴은 그 광경을 제대로 이해하지 못한 것처럼 꿈쩍도 하지 않았다. 시하는 쥐틀 반대편을 툭툭 쳤다.

"가."

"예?"

"먹을 수도 없고 버섯도 못 기르잖아. 아무 쓸모가 없네. 쥐틀이나 다시 쓰게 꺼져."

시하가 쥐틀을 들어 올려 흔들까 하는 충동을 느꼈을 때 데르긴이 움직이기 시작했다. 데르긴은 철망을 붙잡으며 비틀비틀 입구로 걸어갔다. 그 모습을 보던 시하는 팔짱을 꼈다. 입구에 도달한 데르긴이 금방이라도 침을 흘릴 듯한 얼굴로 허공을 주목했다.

요정은 뒤로 돌아 허겁지겁 입구 반대편으로 뛰었다.

"닫아! 닫으라고!"

"하?"

"아헨라이즈!" 데르긴은 헨리의 발톱을 용감하

게 직시했다. "귀, 귀하께선, 그러니까, 귀하께선 잠재적 거래 상대의 점유물을 훼손하여 상대의 이익을 침해하지는 않으실 테죠?"

"네 점유자는 이미 너를 점유하는 것이 자신에게 이익 될 것 없다고 추론했다. 그리고 그런 연유로 요정의 점유를 중단하겠다는 의지를 명시적으로 밝혔다."

"점유자! 아직은 점유자죠? 점유 종료 안 됐죠?"

"말과 행동이 동반된 명백한 의사 표시가 있었다."

"아니! 그래도, 그, 어, 그래! 내 자유의 값을 부정당할 수 없다면?"

헨리는 아무 말 없이 쥐틀을 노려보았다. 시하는 헨리를 보았다가, 쥐틀 안의 데르긴을 보았다가, 양자의 충격적인 크기 차이에 잠시 시각적 이명 같은 것을 느꼈다. 데르긴이 외쳤다.

"시하! 난 네 거야, 그렇지? 네 거지?"

"쓸모가 없잖아."

"19킬로미터만 가면 버섯을 기를 수 있어!"

"의미가 없다. 네 점유자가 내세운 불충분한 조건들을 충족하는 그 땅은 일군의 간다르바들이 압사라의 도래를 소원하며 오염을 정화하고 있는 계곡이다. 그 간다르바들은 농경이 가능해진 그 계곡을 넘보는 마트퀸의 세력 때문에 신경이 날카로워진 나머지 현재 인간에 대해 극도로 공격적이다. 그리고 그렇게 성정에 맞지 않는 노동을 감내하며 압사라가 오기만을 기다리고 있는 간다르바들이 압사라에게 불필요한 오해를 줄 수도 있는 인간 여자의 존재를 용인할지는 극히 의심스럽다. 네 점유자가 간과하지 말았어야 하는 조건, 즉 요정이 기른 버섯을 자신이 비교적 안전하게 입수할 수 있어야 한다는 조건을 덧붙여서 질문했다면 나는 반경 250킬로미터 내에는 그런 곳이 없다 말했을 것이다. 조금 전 내가 맹세의 수호자 역할을 거절한 것은 네가 계약을 이행할 수 없다고 판단했기 때문이다."

데르긴은 쥐틀 한가운데에 주저앉았다. 그 모습을 가만히 보던 시하는 자신이 어떤 의도를 가지고 있는지 정확하게 알지 못한 상태에서 불현

듯 손을 뻗었다. 쥐틀의 문을 닫을 수도 있었고, 쥐틀을 거꾸로 들고 위아래로 흔들 수도 있었다. 다가오는 시하의 손을 본 데르긴이 발작하듯 외칠 때까지 시하는 사실상 다음 행동을 결정하지 못한 상태였다.

"사랑의 묘약을 만들어줄게!"

시하는 군거생활을 하는 동물 일부가 진화론적으로 발달시킨 충동을 느꼈다. 방금 내가 들은 소리가 무슨 뜻인지 알고 싶다는 듯이 주위의 반응을 살핀 것이다. 그리고 그곳에는 시하의 눈길을 받아줄 만한 상대가 헨리밖에 없었다. 하지만 헨리는 시하의 눈길에 아무런 반응도 보이지 않았다.

얼마간의 침묵 후 시하는 쥐틀의 문을 도로 닫았다. 그녀는 헨리에게 고개를 꾸벅해 보이고는 데르긴의 소망을 뒤늦게 들어주었다. 터벅터벅 걸어 기린 방사장에서 300보가량 멀어진 후 시하는 쥐틀을 향해 말했다.

"이봐, 헨리가 너 먹어봐야 내가 초파리 먹는

것만도 못할 텐데. 설마 헨리가 배 채우려고 널 잡아먹겠어? 혹시 헨리 번역을 뭐라 한 것 때문에 해코지를 당할까봐 그러는 거야?"

그때까지 헨리를 뚫어지게 보던 데르긴은 기가 막힌다는 듯이 시하를 곁눈질했다.

"『칼레발라』를 알면서 어떻게? 거기선 먹는 쪽과 먹히는 쪽이 바뀌어 있다지만."

"흠?"

"그러니까! 우리 쪽에서는! 시에 더 능통해지고 싶다면! 시를 많이 읽고 쓰는 대신! 시를 잘 아는 것 같은 요정을 곁들여 티타임을 가지는 것을 고려해볼 수 있단 말이다! 메티스를 먹고 지혜로워진 제우스처럼! 아니면 크바시르의 피로 만든 미드를 홀짝이며 영감을 얻던 아스가르드 신들을 흉내 낼 수도 있겠지!"

"아."

"저 드래곤이 시를 얼마나 중하게 여기는지야 알 수 없지만 최소치로 쳐도 인간의 목숨 이상이지, 안 그래? 틀리면 잡아먹는다면서? 그런데 잠재적 거래 상대도 아닌 요정의 목숨은 어떨 것 같냐, 응?"

"승복."

시하는 데르긴의 두려움이 일리 있다는 것에
동의했다. 그리고 그녀는 쥐틀을 내려놓은 다음
문을 열었다. 데르긴이 믿을 수 없다는 듯이 시하
를 올려다보았다.

"안됐네. 하지만 그거 내 쥐틀."

"사랑의 묘약을 만들어준다니까! 꿀이 있잖아!
사정 들어보니 쓸 만한 꽃 구하기도 어려운 것 같
지만 꿀이 있으면 어떻게 해볼 수 있어!"

"……그래서 그런 소릴 꺼냈군. 그런데 사랑의
묘약을 가지고 뭘 하라고?"

데르긴은 잠깐이라기엔 좀 긴 시간 동안 멍하
게 시하를 바라볼 수밖에 없었다. 10대 인간에게
사랑의 묘약을 어디에 써야 하는지 설명해야 한
다는 사실이, 그런 일이 일어났다는 것 자체가 요
정은 이해가 가지 않았다.

"뭐……? 그건 네가 알아서 할 일이지. 상하지
않아. 가지고 있다가 언제든 쓸 수 있어."

"됐어. 그것 때문에 아까운 꿀을 버려? 그리고

꿀도 안 썩어. 나와."

"이봐, 사랑의 묘약이라니까! 어, 그 손 뭐야. 싫어! 안 나가!"

"어딜 물려고, 이 씨발 요정이! 죽여버린다! 악! 나와, 나와!"

쥐틀은 포획한 쥐를 손으로 잡아 꺼낼 것을 상정하여 설계되진 않았고 요정의 저항은 필사적이었다. 상황은 곧 고착상태에 빠졌다. 쥐틀 밖에 주저앉아서 요정이 물고 할퀸 손가락들을 보며 이를 갈던 시하는 송곳을 꺼냈다.

"살려 보내준다는데 지랄이네, 개 같은 요정이! 그러면 죽어야지."

"이게 살려 보내주는 거냐! 잘 가. 앞에 있는 드래곤? 네가 알아서 해. 내 알 바 아님. 이게? 그 쇠꼬챙이 치워라, 꼬맹아. 요정이 죽을 때 저주를 하면 어떻게 되는지 알고 싶어?"

"하! 그래봐야 내 엄마 아빠란 연놈만 하겠어?"

"뭐? 네 부모가 뭘 했는데?"

"날 낳았지!"

데르긴은 충격을 받았지만 시하도 자신의 입

밖에 나온 말에 움찔했다. 시하는 눈을 감았고, 잿더미가 된 마음속에 있는 결코 꺼지지 않는 불씨를 보았다. 그리고 지금 그 불씨에선 연기가 피어오르고 있었다. 시하는 섬광을 보았다.

"왜 내가?"

"시하?"

"왜 내가 대가를 치러야 해? 약해 빠진 인간들이었다는 것은 상관없어. 등을 긁어줄 다른 바보를 필요로 했다는 것도 따지고 싶은 맘 없어. 하지만, 달짝지근함을 맛본 건 저희들이었는데 입안 가득 먼지를 씹는 건 왜 나여야 하는데? 따스함을 즐긴 건 저희들이었는데 똥물에서 뒹구는 건 왜 나여야 하는데?"

"시하, 그 송곳?"

"왜 그런 병신들은 끝도 없이 나타나는 거야? 더러운 연명치료. 손발 하나 까딱 못해 자기가 쏟아낸 똥오줌에 빠져 죽을 지경인 사람을 억지로 살려두는 짓과 다름없어. 모르겠어? 아니, 존엄의 문제가 아냐. 코브라를 끌어안은 그 이집트 여자 흉내를 내라는 소리가 아냐. 제기랄. 먹기는 자기

가 처먹고 지불은 남에게 떠넘기지 말라는 소리
야. 기본이잖아. 값은 자기가 치르라고!"

"아래를 봐, 시하!"

시하는 짜증스러워하며 아래를 내려다보았다.
"누가 찌른다고—"

그녀는 두 다리를 편 채 땅바닥에 앉아 있었다.
허벅다리 위에선 두 손이 송곳을 쥐고 있었고 그
송곳은 거꾸로였다. 살짝 녹이 슨 송곳 첨단부가
향하고 있는 곳은 그녀의 복부였다.

시하는 가소로움에 콧방귀를 뀌었고, 눈에선
눈물을 흘렸다.

억울하고 분하고 비참했다. 다 싫었다. 쥐틀에
요정이 걸린 것도. 마녀레인지에서 언제나 똑같
은 샌드위치가 나오는 것도. 그걸 먹을 때마다 파
리가 된 기분이 드는 것도. 배가 고픈 것도. 손이
아픈 것도. 인류가 망한 것도. 요정과 이런 소동
을 벌여야 하는 것도. 명패가 깨져 나가 무슨 도
시인지 알 수 없는 ○○시 하수처리장에 자리를
잡고서 인류가 부활할 수 있다는 어이없는 꿈을
꾸다가 항생제 때문에 일어난 싸움으로 죽어버린

그 바보들도.

시하는 오른손 엄지손가락 아래의 도톰한 부분을 보았다. 긴장하여 하얗게 변한 그 부분에 작은 물방울이 어려 있었다. 시하가 눈을 깜빡였을 때 이번엔 왼손 손등에 눈송이가 떨어졌다.

시하는 송곳을 허벅다리 사이에 떨어뜨렸다.

그녀는 두 손을 뒤집었다. 얼마 후 세 번째 눈송이가 떨어졌다.

시하가 일어났다. 그녀는 재채기를 했다. 머리와 어깨에 쌓여 있던 눈이 튀어 올랐다. 코끝을 훔친 시하는 쥐틀을 내려다보았다.

"사랑의 묘약인지 뭔지를 만들어. 팔 수는 있겠지."

"……뭐?"

"팔 거라고. 인류는 멸망해도 바보는 멸망하지 않으니까."

마녀레인지가 놓여 있는 카페테리아는, 전체 공간에 비해 탁자와 의자가 많이 부족해서 휑한 느낌이 들긴 했지만 그런 것치고도 동물원의 다른 부분에 비해 더 지저분했다. 식사하는 공간인데 왜 이렇게 지저분한 건지, 마녀샌드위치에 대한 동물원 거주자들의 혐오가 얼마나 큰 건지 의아해하던 데르긴은 문득 사정을 깨닫고는 스산함을 느꼈다.

쇠락의 상징 같은 악취나 숨 막히는 먼지, 진득한 웅덩이 따위는 사실 활발한 생명 활동의 증거이다. 악취는 왕성한 미생물 활동의 결과이고 먼지의 상당수는 동물의 분변이나 생물의 죽은 세포이며 웅덩이는 그것들이 순환한다는 증거다. 이끼나 곰팡이, 거미줄 같은 것들이야 말할 것도 없다. 생명 활동의 기준에서 본다면 그런 것들은 쇠락은커녕 오히려 번성의 증거일 때가 많다. 사막이나 극지, 달 표면에는 그런 것들이 없다. 그래서 그곳들은 황량하지만 지저분하지는 않다.

이 동물원도 폐허 외의 다른 정의가 필요 없을 정도지만 지저분하지는 않았다. 모든 단계의 생명 활동이 극도로 미약하다는 증거다. 생명의 관점에서 본다면 더 끔찍한 장소다. 그리고 이 카페테리아가 상대적으로 지저분하게 느껴지는 건 상대적으로 더 많은 생명 활동이 이루어졌다는 뜻이기도 하다. 우울함과 피곤에 젖은 사람들이 오가며 식사를 하고 땀을 흘리고 체취를 퍼뜨리고 머리카락과 죽은 피부를 흘렸을 것이다.

번성하던 무렵의 인간이 이곳을 보았다면 꽤 깨끗한 곳이라고 판단했을지도 모른다. 데르긴은 한숨도 쉴 수 없었다.

마녀레인지는, 그런 신비한 보물들이 받곤 했던 보호를 전혀 받지 못한 채 탁자 위에 덩그러니 놓여 있었다. 걸리적거리지 않도록 코드를 둘둘 말아 테이프로 뒷면에 붙여둔 것이 관리의 전부 같았다. 레인지를 열고 샌드위치를 꺼낸 시하는 레인지를 두 번 쳐다보지도 않은 채 창가 탁자로 다가갔다.

탁자 위에 마녀샌드위치를 놓은 시하가 쥐틀을 그 옆에 내려놓았다.

"뭐가 필요해?"

"소스에 짠맛 들어 있을 테니 소금은 거기서 충당하고, 채소는, 아, 그냥 열어봐."

시하는 손도끼를 움켜쥐었다. 그걸로 샌드위치

를 해부할 작정이냐고 물으려던 데르긴은 카페테리아 입구에 나타난 인간을 보고 입을 다물었다.

단검을 쥔 초로의 여인은 시하를 향해 살짝 고개를 끄덕이고는 마녀레인지 쪽으로 걸어갔다. 시하는 마주 고개를 끄덕였지만 손도끼를 놓지 않았고 여인 또한 시하가 시야 내에 있는 동안엔 단검을 치우지 않을 것처럼 보였다. 그래서 데르긴은 여인이 어떻게 레인지를 열고 샌드위치를 꺼낼지 궁금해졌다. 여인은 입에 단검을 물고 샌드위치를 꺼냈다.

그때 시하가 왼손 집게손가락으로 탁자를 톡, 톡 두드리기 시작했다. 흠칫해서 몸을 돌린 여인은, 역시 시하가 낸 소리에 놀라 입구 근처에서 멈춰 선 남자를 보곤 상황을 깨달았다. 여인은 다른 문으로 나갔고 남자는 시하 방향을 향해 머리를 숙여 보였다. 조심스럽게 걸어간 남자는 마녀레인지를 쓰다듬은 후 익숙한 동작으로 샌드위치를 꺼냈다. 남자가 다시 못이 달린 지팡이로 바닥을 치며 밖으로 나갈 때까지 시하는 계속 탁자를 두드렸다.

두드림을 멈추고 손도끼를 내려놓은 시하가 샌드위치 해체 작업을 재개하자 데르긴이 말했다.

"모르겠군, 모르겠어. 왜 그렇게 서로를 경계하는데? 아헨라이즈가 있으니까 여기에 변신 능력체가 숨어 들어올 리도 없고. 당신들이 뺏고 싶어 할 것을 많이 가지고 있는 것 같지도 않은데?"

"누구든 목숨은 가지고 있는데. 그게 없으면 '누구'도 될 수 없지, '무엇'이지."

"그러니까 그 목숨을 왜 뺏냐고? 뭘 얻으려고 목숨을 뺏을 순 있지만 목숨 자체가 목적…… 아, 이런." 요정은 미간을 찡그렸다. "PTSD? 경계선 인격장애? 조현병?"

"얼마나 미쳤는지 그냥 봐선 알 수가 없잖아. 그러니 그냥 조심하는 거지."

데르긴은 바로 떠올릴 수 있는 악순환 구조를 언급하려다가 이자들 모두가 바보는 아닐 거라는 생각에 섣부른 비난은 관두기로 했다. 그럴 자격이 있는지도 의심스러웠고, 그래서 데르긴은 자신의 추정이나 확인해보기로 했다.

"칸타는 굉장한 인재였군?"

해체한 샌드위치를 경멸스럽게 바라보던 시하가 고개를 홱 돌렸다. 데르긴은 시하의 시선을 슬쩍 피했다.

"그 친구의 어디가 잘나서 외부에서 영입 제안을 받았나 궁금했는데, 의외로 질박한 이유에서였을지도 모르겠군. 달려 있을 것 다 제대로 달려 있고 머리가 돌지 않은 소년이면 이 시대 기준으로 고급 인재였던 거야, 맞지?"

"미치광이는 아냐. 바보지만."

"바보라. 그 마트라는 곳에 합류할까봐 그러는 거야? 마트퀸이라는 이름을 들은 것 같은데 거기 지도자야?"

시하의 침울한 시선에 데르긴은 어깨를 움츠렸다.

"여행자답게 현지 상황은 파악해두고 싶은데."

"주변 정치 상황을 알고 싶다고? 이 주변에서 그런 기준에 부합할 만한 집단은 내가 아는 한 셋이야. 마트퀸이라는 여자가 이끌고 있는 인간 무리인 마트. 강변을 따라 거주하는 캇파들. 그리고 상류의 계곡을 지키고 있는 간다르바들. 캇파와 간다르바가 자기 무리를 어떻게 부르는지는 몰라."

"여기는?"

"여기? 여긴 그냥 헨리동물원이야. 봤듯이 우
리 결속이 참 공고하고 연대감이 드높아서. 헨리
동물원은 외부인이 가까이 다가가면 위험한 지형
같은 걸로 생각하면 돼. 계곡의 간다르바들도 원
래는 여기와 비슷한 형태였지만 헨리에게 들었듯
이 마트와의 갈등이 커지는 바람에 정치 세력 중
하나로 부상하고 있어."

"캇파들은?"

"계곡의 간다르바 덕분에 깨끗해진 하류에서
그것들이 즐거울 때 하는 짓을 하며 살고 있었지
만 바로 그 물 문제로 마트와 충돌이 일어나서
현재 마트와 전쟁상태. 물 떠나면 약해져서 마트
에 대해 적극적으로 공세를 취하진 못하지만 마
트 쪽도 물에서 버티는 캇파들에게 덤비긴 어려
워서 좀 교착상태. 노는 지형이 다르다 보니 근본
적 한계가 있는 거지. 마트퀸은 어쩌면 간다르바
의 계곡을 뺏어서 농토도 손에 넣고 캇파도 굴복
시키는 일석이조의 타개책을 노리는 건지도 모

르겠어."

"칸타한테 마트에 가지 말라고 하지 않은 이유
가 뭐야?"

"……지껄여봐."

"아, 이거. 위험한 모험이 될 것 같은데. 비난하
는 것이 아니라 이해가 안 돼서 그러는 거야. '바
보'나 '미치광이' 같은 그 다정한 어휘들을 놓고
볼 때 마트에 대한 네 평가는 결코 추락할 일이
없을 것 같은데. 마트에 별 희망이 없다고 보는
것 아냐? 그러면 네 친구에겐 그런 앞날 없는 애
들과 어울리지 말라고 만류하는 것이 이치에 맞
잖아?"

"희망이 있는 곳은 있고?"

"허? 그런 식으로 나오셨다? 그렇다면 마트에
대한 네 과격한 평가를 해명해야지. 다 똑같다면
왜 그자들이 가외의 악평을 들어야 하는 건데?"

"그 미친놈들은 인류를 부흥시키려고 하잖아."

"……멸망해가는 종족이 저지를 수 있는 최악
의 죄이긴 하군."

"알면 왜 물어."

"……그러면 감히 인류를 부흥시키려는 저 사악한 무리에 칸타가 가면 안 되겠네?"

"칸타는 죄를 저지를 염려가 없어."

"하?"

"그러니까, 보수적이거든. 꽉 막혔다고 할 정도로."

"응? 무슨 소리야?"

시하는 뭐 이런 모자란 요정이 있나 하는 표정을 지었다.

"게이라고."

데르긴은 죽은 맥락의 최초 목격자가 된 기분을 느꼈다. '내가 죽인 거 아니에요!' 요정의 얼굴을 본 시하가 어깨를 으쓱였다.

"대단히 보수적인 동성애자라고. 고를 수 있는 파트너로 수소와 나, 칸타가 있는데 아이를 가지고 싶은 여자가 수소를 유혹하는 것에 실패했다면 나를 고르는 것이 나을걸."

"미노타우로스? 아니, 그게 아니라. 이게 도대체 무슨 소리야. 인류 부흥하고 성적 취향이 무슨…… 음? 잠깐. 관계가 있나? 있네? 새로운 세대가 태어나야……."

당분간 접근하지 않고 놔둘 작정이던 주제가 스스로 달려와 데르긴의 얼굴을 후려갈겼다. 요정은 한숨을 내쉬었다. 너무도 근본적인 문제이니 피해 다닐 도리가 없다. 차라리 정면으로 부딪치는 것이 나을 것 같았다.

"시하, 그러니까 넌 사람들이 서로…… 음, 자식을 낳는 것이 싫다는 거야?"

"찾아볼 거 다 찾았어?"

시하는 턱으로 샌드위치를 가리켰다. 기껏 정면 대응할 마음을 먹었더니 네가 도망치는 거냐고 따지려던 데르긴은 시하의 얼굴을 보곤 급히 고개를 끄덕일 수밖에 없었다. 시하는 즉시 샌드위치 파편을 쓸어 모아 카페테리아 밖으로 집어던졌다. 한층 더 초췌한 얼굴이 되어 돌아온 시하를 보며 데르긴은 말을 해야 한다는 압박감을 느꼈다.

"뭘 건질 수 있는지는 대충 살펴봤어. 하지만 아직 좀 모자라. 꽃이 있으면 좋을 텐데 꿀로 대체하려니까 우회로를 찾아야 할 것 같아. 어디 보자…… 음…… 혹시 면역조절제를 구할 수 있을 까? 사이클로스포린 계통으로." 시하는 만사가 귀찮다는 듯이 눈썹만 조금 움직였다. "그게 원래 곰팡이에서 나온 거지. 면역조절제라서 이식수술 같은 거창한 수술 후에 쓰는 것이긴 하지만 자가 면역질환이나 피부병에도 써. 먹는 피부병 약인데, 혹시, 음, 안 되려나. 됐어, 다른 방도를 생각해볼게."

"데르긴."

"응? 왜?"

"그냥 동물원 밖 멀리 떨어진 곳에 널 놔주면 안 돼?"

"아, 와. 정말 고마워. 하지만 내가 아헨라이즈에게 내 자유를 공짜로, 남이 던져주는 것으로 만들 수 없다고 말해버렸잖아. 그렇게 말한 이상 제 값을 안 내고 여기서 나가면 난 탈출한 사냥감이되는 거지. 남이 사냥한 걸 뺏는 건 사냥이 아니라 절도잖아. 하지만 사냥꾼이 놓친 사냥감이라면 다른 사냥꾼이 사냥해도 되는 거지."

"그럼 사랑의 묘약을 만들고 난 후에는 어쩔 건

데? 설마 영원히 완성을 지연시킬 셈이야?"

"그럴 마음은 없어. 사실 그 문제는 네가 다 해결했어."

"내가? 무슨 소리야?"

"정말 그런 말을 들을 거라곤 상상도 못 했는데, 사랑의 묘약을 팔겠다고 했잖아. 그때 해결된 거지. 이제 난 공급업자고 넌 판매상이야. 아헨라이즈는 네 공급선을 위협하진 않을 거야."

시하가 무서운 기세로 탁자를 내리치는 바람에 데르긴은 기겁했다. 벌떡 일어난 시하는 분노로 얼굴이 시뻘게진 채 말했다.

"판매상? 난 그런 거 계속 팔 마음 없어! 네가 하도—"

"아, 아냐! 안 팔아도 돼. 상관없다고! 잠정적인 공급업자와 잠정적인 판매상이면 충분해!"

"뭐라고?"

"실제 거래는 안 해도 된다고! 그러니까, 아헨라이즈 자신이 그러는 것처럼. 너희들에게 잠정적인 거래 대상이라는 지위를 줌으로써 자기 자신으로부터 너희들을 보호하잖아. 이 동물원 사

람 중에 너처럼 그런 미친 짓 자주 하는 사람 드
물지? 절대로 안 하는 사람도 있을 테고? 그래도
아헨라이즈는 그런 사람 건드리지 않고 놔두지?
실제 거래가 없어도 된다는 거지. 그래, 그냥 듣
기만 한다는 건 이상하잖아. 문답에 성공해도 요
청이 관철된다는 보장이 없는데 틀리면 죽는다?
그게 뭐야. 거래가 목적이라면 그보다는 훨씬 나
은 조건이어야지. 거래가 목적이 아니라 거래 대
상이라는 지위를 부여하는 것이 목적이라서 그런
거야. 흠, 얼굴 보니 알고 있었군."

"……어렴풋이는. 그러면 너도 실제 공급과 판
매를?"

"안 해도 돼. '할 수도 있다'면 충분해."

"안 해도 되는 거라면 이번에도 할 필요가……
자유의 값?"

"미안하지만, 응, 그거. 앞으로는 안 해도 되지
만 이번 거래는 이미 체결되었으니까. 실행해야
해."

숨결이 거칠어진 채 데르긴을 내려다보던 시하
가 털썩 의자에 앉았다. 그녀는 머리카락을 몇 번

쓸어 넘기려 했지만 흥분으로 손이 떨리는 바람에 만족스러운 결과를 얻지 못했다.

"온통 말장난 같아. 형식주의라는 말도 붙이기 싫을 정도잖아."

"무슨 말인지 알겠는데 환상종 사이에서는 그렇게까지 요식행위는 아냐. 힘이나 권능의 차이가 워낙 천차만별이니까 양자가 그럭저럭 대등해질 수 있는 논리의 가치가 높은 거지. 물론 그걸 존중할 수 있는 존재들 사이에서만 그렇다는 건 인정해야—"

"번식이 싫어."

데르긴은 자신도 모르게 세게 오므라든 입술을 의식적으로 폈다. 그리고 대수롭잖은 어조로 말했다.

"그냥 싫은 정도가 아니라 죄라고 생각하는 것 같은데."

"싸구려 약 살 돈 구하려는 약쟁이에게 공격당해서 영원히 못 걷게 된 무용수는 그 약쟁이를 뭐라고 부르겠어?"

"응?"

"옥시토신이나 도파민, 세로토닌 따위를 얻고 싶어 했던 남녀 때문에 이 지옥에 떨어진 사람은 그 남녀를 뭐라고 부르겠어?"

"……사람은 행복하지 말아야 한다는 거야?"

"논지 못 찾는 척이라니. 기대가 있었다면 실망했겠어."

'제기랄. 번식이었지.' "실례했어."

"행복을 찾든 파멸을 추구하든 마음대로 하라고. 모험을 좇든 평온을 구가하든 상관 안 해, 자기 인생인데. 남한테 피해 안 주면 뭘 해도 상관없지. 하지만, 그러니까 남은 건드리지 말아야 할 거 아냐."

"난 인간이 아니지만, 인간 부모는 자식이 불행해지길 바라면서 낳지는 않을 거라 보는데."

"취해서 낳았지. 뻔한 현실도 제대로 볼 수 없을 정도로 사랑에 취하고 영웅에 취해서……."

시하의 말꼬리가 옅어졌다. 그 시선을 살피던 데르긴이 몸을 돌렸다.

카페테리아 안으로 칸타가 들어왔다.

시하의 멍한 눈길이 칸타의 움직임을 좇았다. 마녀레인지로 다가간 칸타는 한숨을 내쉬고는 마녀샌드위치를 꺼냈다. 그리고 같은 행동을 두 번 반복했다. 준비해 온 천에 마녀샌드위치 두 개를 싼 칸타는 허리를 펴는 시늉을 했다.

느닷없이 몸을 돌린 칸타가 탁자로 다가와 맞은편에 앉을 때까지 시하는 눈 외엔 아무것도 움직이지 않았다. 그녀는 탁자에 놓인 마녀샌드위치 꾸러미를 흘긋 보고는 다시 칸타를 응시했다. 칸타가 고개를 끄덕이고는 진지하게 말했다.

"로마의 황제도 단춧구멍 있는 옷은 입지 못했어."

"뭐?"

"소아시아에서 브리튼까지 정복하고 콜로세움과 대욕장을 만들었지만, 임페라토르들은 언제든 자유롭게 일부분을 결합했다 해체했다 할 수 있는 옷 한 벌이 없었지. 그래서 멋을 내고 싶으면 통짜 천을 둘둘 휘감고는 왼팔을 잘 펴지도 못하고 다녀야 했어. 그러고도 자기가 유일한 문명 세계의 유일한 제일 시민이라 말하며 잘 살았고."

"알려줘서 고마워."

"저쪽에서 여길 떠나기 전에 한 가지만 해달라고 부탁했어."

"설득해보래?"

칸타가 빙긋 웃었다. "했다?"

"……응, 했어."

"그래."

"괜찮겠어?"

"하겠다고 한 건 했는데 뭐. 맘대로 하라지. 그래봐야 이쪽도 맘대로 하게 허락하는 짓밖에 더돼?"

"바보는 그걸 모르니까 바보야. 그것들은 자기는 남을 제멋대로 대해도 남은 자기를 함부로 대할 수 없다고 믿어. 사람이 많으면 바보는 항상있고."

"미안한데 적어줄래요, 엄마? 까먹을 테니."

"욕하지 마."

"아닌데."

"맞아."

"알았어. 미안해, 시하."

한번 갑시는 소리를 낸 시하가 가라앉은 어조로 말했다.

"뭐 보여주려고 괜히 나서지 말고, 잘 몰라서 멍청이처럼 군 것 같아도 신경 쓰지 마. 거기 있는 이상 다 똑같은 바본데 다를 게 어디 있어. 남자는, 음, 어, 거기서, 남자 만날 땐…… 신경 쓰이는 남자가 있으면…… 그 남자가 너랑 있을 때 얼마나 웃는지 살펴보는 것만큼 그 남자와 있을 때 네가 얼마나 웃는지도 되돌아봐."

붉은빛이 카페테리아를 채웠다. 데르긴은 서쪽 창문 너머로 기괴할 정도로 검붉은 태양을 보았다. 그 빈약한 태양 빛에 일깨워진 그림자들이 카페테리아 내부를 조각내고 칸타의 엷은 미소를 흠집 가득한 석상의 묵직한 미소처럼 바꿔놓았다.

"그냥 엉덩이가 제일 탐스러운 남자 찾으면 안 돼?"

누더기 같은 그림자 속에서 시하가 말했다.

"그러든가."

칸타가 손을 내밀었다. "세이브?" 시하는 마주

손을 드는 대신 질문했다.

"언제 출발할 거야?"

"내일 해 뜨기 전에."

"내일?"

"눈 오는 거 보고 결정했어. 다음번에 눈 오면 진짜 못 움직일 수도 있으니까."

시하는 칸타를 똑바로 바라보다 문득 생각난 것처럼 말했다.

"해 남아 있을 때 수염이나 깎자."

"응? 아직 괜찮은데. 거기 가면 혼자……."

칸타가 말끝을 흐리고는 턱을 긁적였다. 시하가 주머니를 뒤지며 말했다.

"예쁘게 하고 가."

칸타는 어깨를 으쓱이고는 엉덩이를 앞으로 내밀고 머리를 뒤로 젖혔다. 시하는 조그마한 가위를 꺼내 몇 번 찰각거린 후 칸타에게 다가갔다. 칸타의 머리카락을 쓸어 넘긴 시하는 상체를 굽히고는 칸타의 수염을 조금씩 붙잡아 자르기 시작했다.

다른 몸단장 관습들에 비해 볼 때 면도는 꽤 오

랫동안 제대로 형태가 정착되지 못한 특이한 관습이다. 오랜 기간 면도는 스스로 실행할 수도 있고, 남이 해줄 수도 있고, 안 하는 것이 타당한 일이기도 했다. 서유럽의 경우만 놓고 보더라도 고대 로마에서는 수염을 깎다가 후기 로마에는 길렀고, 중세엔 덥수룩하게 기르다가 르네상스 시기엔 다시 깎게 되었고 식민지 수탈 시대에는 다시 기르는 둥 양상이 다채로웠는데, 그건 단순히 유행 문제가 아니라 면도가 피부에 날붙이를 밀착시키는 위험한 일인 데다 자기 얼굴이라서 직접 볼 수는 없는 악조건이 겹친 어려운 일이었기 때문이다. 면도가 세수처럼 스스로 실시하는 자기 관리 기술로 정착된 것은 산업화 시대에 접어들어 좋은 거울과 좋은 면도기가 대량 생산된 후의 일이다. 이 시대에 좋은 거울과 면도기가 얼마나 구하기 쉬운 물건일지 상상해본 데르긴은 칸타의 얼굴에 번거로운 털이 나게 된 후 두 사람이 그 문제를 어떻게 처리해왔을지 대강 짐작할 수 있었다.

'그래, 수염이 돋기 시작했을 때부터야.' 시하와

칸타의 숨소리는 평온하고 고요했으며 가위의 움직임은 매끄러웠다. '오래 했어.' 인중 주변의 자르기 힘든 수염들을 정리하기 위해 칸타의 윗입술을 내리누르고 볼을 당겨 펴는 시하의 왼손 움직임엔 섬세함은 있어도 머뭇거림은 없었으며 칸타 또한 당황하거나 흠칫하는 기색은 보이지 않았다.

수염 정리가 끝났다. 면도칼이 아닌 가위였기에 칸타의 하관이 매끈해지진 않았지만 그렇잖아도 홀쭉한 뺨에 짧은 수염이 그림자를 드리우자 더 날렵해 보였다. 시하는 칸타가 조심스럽게 벗은 판초를 그러쥐더니 밖으로 들고 나가 털었다.

돌아오는 시하를 보던 칸타가 손을 들어 그녀를 가리켰다. 시하는 고개를 가로저었지만 칸타는 자리에서 일어났다. 잠시 가만히 서 있던 시하는 들고 있던 판초를 뒤집어쓰고는 의자에 앉았다.

칸타는 시하가 뒤집어쓴 판초를 정리한 다음 빗을 꺼내 시하의 머리카락을 빗어 내리기 시작했다.

이발은 면도에 비하면 꽤 오래전에 형태가 정리된 관습이라 할 수 있다. 타인이 해주는 일이다. 그렇기에 이른 시기에 버젓한 직업을 낳을 수 있었으며, 면도가 그 난점들 때문에 면도사라는 직업을 탄생시켰을 법한데도 그러지 못한 것은 먼저 직업으로 정립되었던 이발사가 면도도 맡곤 했기 때문이다. 시하가 내려놓은 가위를 집어 들고 시하의 머리카락을 조금씩 잘라내는 칸타의 모습은 어쩌면 수만 년 지속되었을지도 모르는 인류의 모습이었다.

칸타의 손길이 멈출 무렵, 칸타가 그랬던 것처럼 눈을 감고 미동도 없이 있던 시하가 입을 열었다.

"더 짧게."

"응?"

시하는 반복하지 않았다. 가위를 세워 든 채 시하의 정수리를 내려다보던 칸타는 조금 후 왼손으로 시하의 머리카락을 쓸고 매만졌다. 그러고는 낯선 도전에 착수한 사람의 얼굴을 하고선 허리를 굽힌 채 시하의 머리 주변을 이리저리 살폈다.

관찰과 고찰의 시간이 끝나고 칸타가 다시 시하의 머리카락으로 가위를 가져갔다. 데르긴은 시하와 칸타의 숨소리가 모두 바뀌었음을 알 수 있었다. 지금껏 그럭저럭 자신 있게 움직이던 칸타의 손길은 이제 조심스럽게 꿈틀거렸고 몇 밀리미터씩 머리카락을 잘라낼 때마다 칸타는 숨을 꾹 참았다. 그리고 그에 따라 시하 또한 눈을 감은 채 숨소리를 억눌렀다. 칸타의 손길이 떨어지고 작지만 폭발적인 숨소리가 들릴 때에 비로소 시하 또한 숨을 내쉬었고, 고요한 카페테리아의 내려앉은 공기는 두 사람의 불규칙한 호흡들에 작게 휘저어졌다.

머리 다듬기가 끝났다.

시하의 뺨은 여전히 홀쭉했지만 얼굴 옆의 머리카락들이 사라진 바람에 빛 아래에 얼굴이 고스란히 드러나자 전체적인 인상이 약간 둥글어졌다. 시하는 허전한 듯 시원한 듯 귀 근처를 만지작거리다 칸타에게 손짓했다. 칸타는 시하 앞에 두 무릎을 꿇고 얼굴 높이를 맞추었다. 시하는 칸타의 두 뺨을 잡고 그의 머리를 이리저리 움직이다가 고정시켰다. 칸타는 눈을 감았다. 시하는 말 없이 기다렸다. 조금 후 칸타가 눈을 떴다.

어리둥절하여 그 모습을 보던 데르긴이 진상을 깨달았다. 시하는 칸타의 동공에 비친 자기 모습을 보고 있었다. 칸타가 눈을 감았던 것은 동공을 확대시키기 위해서였을 것이다.

시하가 칸타의 뺨을 놓았다. "마음에 들어."

"다행이네."

칸타는 판초를 들고 밖으로 나가 털었다. 태양은 당장이라도 가라앉을 것 같았다. 돌아오는 칸타에게 시하가 말했다.

"같이 가."

"응?"

"나 마트에서 구할 것이 있어. 사이클로스포린 계열의 면역조절제."

"흠."

"같이 가."

칸타는 관자놀이를 긁적이다가 샌드위치 꾸러미를 집어 들었다. 탁자를 떠난 칸타는 다시 마녀 레인지로 가. 샌드위치 네 개를 더 꺼내 꾸러미에 합친 뒤 문으로 향했다.

"내일 보자."

헨리에게 바치는 칸타의 고별사는 그의 짐만큼 조촐했다. "나 가." 헨리는 검푸르게 변해가는 허공만 응시했고 칸타 또한 대답을 기대하지 않은 양 몸을 홱 돌려 기린 방사장을 떠났다. 멀찌감치서 기다리던 시하는 칸타가 충분히 다가오자 스르르 몸을 돌렸다. 아무 말 없이 걸어가던 두 사람이 걸음을 멈춘 건 동물원 밖으로 빠져나와 시하가 방향을 바꿨을 때였다. 시하가 쥐틀에서 데르긴을 꺼낸 후 쥐틀을 다시 설치하는 동안 칸타는 흥미롭다는 듯이 그 모습을 관찰했다. 그리고 요정을 어깨에 얹은 시하가 다시 걸음을 옮기자 그 뒤를 따라 걸으며 질문했다.

"쥐틀을 들고 가긴 어렵겠지. 그런데 쥐틀 밖으로 나왔는데 왜 도망치지 않는 거지, 데르긴?"

"그러면 난 무주물이 되고 그 드래곤은 날 잡아먹을 수 있으니까." 칸타의 얼굴을 본 데르긴이 덧붙였다. "배 채우려고가 아니라 비유적으로 말하자면 술이나 환각제 먹듯이."

"오호."

"따라서 난 시하의 포획물 지위를 유지할 거야. 쥐틀의 어느 쪽에 있느냐와 상관없이. 그걸 내가 알고 있고 내가 안다는 걸 그 드래곤도 아는 이상 쥐틀은 중요하지 않아. 이해하기 어렵겠지만."

"아니, 알 것 같아. 우리랑 비슷하네."

"응?"

"동물원 밖으로 나와도 우리는, 아니, 시하는 여전히 헨리의 피보호자야. 그러니까 동물원이 네 쥐틀과 같은 거지. 동물원의 물리적 경계와 시하의 지위는 상관이 없어. 따라서 시하는 동물원으로 돌아가도 침입자가 되는 것이 아니지."

"침입자가 되지 않……? 그럼 너는?"

"거주지를 옮긴다고 선언했으니 더 이상 헨리의 피보호자가 아니야. 따라서 돌아가면 침입자인 것이 되고 헨리는 날 잡아먹겠지. 배 채우려고가 아니라 침입자를 징벌하기 위해서. 하, 정말 비슷한데."

"잠깐만, 그렇다면 시하와 너는 다시 못 만나는

거야?"

"시하가 나 보러 지금처럼 외출할 수야 있지. 마트에 거래하러 올 때 봐도 되고."

데르긴은 시하가 이 말에 반응하기를 기다려보 았지만 시하는 지금까지와 마찬가지로 아무 말도 하지 않았다. 결과적으로 데르긴과 칸타는 수다 를 떨어야 할 의무감을 느끼게 되었다.

"그런데, 데르긴. 너 말야, 무주물이 된다고 말 했지만, 넌 이미 네 여왕의 소유물이잖아. 잘은 모르지만 여왕이라고 했으니 너희들 왕정이지?"

"아, 무슨 질문하는지 알겠다. 칸타, 아헨라이 즈가 날 잡아먹으면 그건 우리 폐하에 대한 도발 이라는 거지? 폐하께선 왕국 전체의 위험도 아닌 요정 한 명 때문에 드래곤과 대립하지는 않으실 거야. 그건 내 쪽에서 거절해야지."

"국민을 보호하지 못한다면 국가나 여왕의 의 미가 뭐야."

"네 인간적 관점에선 실로 옳은 지적이긴 한데, 이렇게 대답할 수 있겠네. 어차피 세금도 안 내는 걸."

"응? 이쪽에도 의무가 없다는 건가. 그럼 그 왕국은 도대체 뭐야?"

"정치체제로 이해하려고 하면 말이 되는 비유를 찾기 어려울 거야. 나도 설명하기 어렵고. 음, 어디 보자. 예를 들어서—"

그때 시하가 수다를 빚지고 싶지 않다는 듯이 차갑게 말했다.

"그것들은 빈사의 인류가 보는 환각이야, 칸타."

"응?"

"인류가 죽을 때가 돼서 노망이 났다고. 그래서 헛것을 보는 거지."

"호."

"헛것이 하는 헛소리 상대로 머리 쓰지 마. 헛고생이야."

고개를 갸웃한 채 걷던 칸타가 어깨를 으쓱였다. "차이가 없잖아?"

앉아 있는 위치 덕분에 데르긴은 시하의 어깨가 굳어진 것을 잘 느낄 수 있었다. 호랑이 등에 탄 기분을 느낀 데르긴은 지극히 가까이에 있는 시하를 열정적으로 모른 체했다.

깨진 콘크리트 틈 사이에 끼어 있는 살얼음들이 둔중하게 빛나며 해가 떠오른 것을 알렸다. 먼지 낀 하늘은 여전히 암회색에 가까웠지만 데르긴은 보다 멀리 내다볼 수 있었다. 그들이 걷고 있는 도로는 황량했다. 시선 둘 곳을 찾던 데르긴은 도로 위에 녹슨 자동차들이 놓여 있지 않다는 것을 의아하게 여겼다. 인류 쇠망의 풍경에는 그런 것이 있어야 할 듯했기에 데르긴은 칸타에게 몇 가지 질문을 던졌고 진상을 알게 되자 떨떠름하게 고개를 끄덕였다. 신석기시대의 인류들이 거대 동물들을 멸종시킨 것처럼 쇠락 초기의 인간들은 지상을 가득 메운 금속 동물들을 해체하고 멸종시켰던 모양이다. 데르긴은 그제야 도로 표지판이나 가로등도 많이 보이지 않는다는 것을 깨달았다. '그리고 금속 식물도 남벌했고.' 채굴은 주변의 지상에서 질 좋은 금속이나 합성수지 등을 구하기 어렵게 된 후 마지못해 시도되었지만 그즈음에 지하는 이미 위험한 환상종들을 맞닥뜨릴 수 있는 곳으로 바뀐 후였다.

따라서 동물원을 떠나고 세 시간 후 그들이 맞닥뜨린 광경은 어떤 의미에선 대단히 호사스러운 광경이었다.

그건 진짜 나무를 깎아 만든 제대로 된 말뚝들이었다. 최전성기의 인간에겐 보잘것없어 보이는 것일 수 있지만 시하와 칸타, 그리고 어느 정도 상황을 가늠할 수 있게 된 데르긴의 눈에 높이 3미터가 넘는(땅에 꽂혀 있는 부분까지 친다면 5미터를 넘을지도 모른다) 그 나무 말뚝들은 굉장한 부의 상징처럼 보였다. 반면 거기 꽂혀 있는 시체들의 모습은 전통적인 신체 관통형에 대한 조예가 없는 이가 서툴게 재현한 듯한 엉성한 모습이었다. 꿰뚫기형이나 그 파생형인 십자가형의 주요 목표는 사형수를 최대한 오래 살려두어 장시간 고통을 주는 것이지만 말뚝에 꽂혀 있는 인간들이 오랫동안 고통을 겪었을 것 같지는 않았다. 온전한 인간의 가랑이로 말뚝을 찔러 넣는 대신 조각낸 상체나 하체, 머리 등을 따로 말뚝에 꽂아놓았으니. 아무래도 전부 사후에 일을 당한 것으로 보였다. 그래서 데르긴은 다른 방향의 가설을 떠올리고 말았다. "뭐야, 거대 식인 때까치라도 있는 거야?"

찡그린 얼굴로 시체들을 살펴보던 칸타가 고개를 돌리지 않은 채 말했다.

"그게 뭔데?"

"잡은 먹이를 나뭇가지나 가시에 꿰어두는 새. 몰라?"

"그런 새도 있어? 간다르바라서 새처럼 행동한 건가."

"간다르바?"

칸타는 시커멓게 붓거나 찢어져 있지만 그런대로 이목구비가 남아 있는 얼굴 몇 개를 살펴보았다.

"이 사람들, 나 만나러 왔던 마트 사람들이야. 돌아가다 습격당했나봐. 마트 무리에게 이런 짓을 할 것들 중에 떠오르는 건 계곡의 간다르바밖에 없어." 데르긴은 칸타가 내세운 결정적 증거에 말문이 막혔다. "간다르바는 고기 안 먹으니까."

역시 시체를 살펴보던 시하가 험악한 걸음걸이로 칸타에게 다가갔다. 성대 사이로 어떻게 나왔는지 의심스러운 짓눌린 어조로 그녀가 말했다.

"자기네가 안전한 줄 알고 돌아다니다가 당했어. 마트퀸이 생각하는 만큼 마트는—."

"경고잖아, 시하. 간다르바들이 정말 자신 있었으면 마트로 바로 치고 들어가지 왜 미리 대비할 수 있게 해줘. 경고라는 놈은 그게 문제야. 겁을 주고 싶어 한다는 것을 알리게 돼."

"자기 좋을 대로 해석하지 마. 발끈해서 뛰쳐나오길 기대하는 도발일 수도 있어. 자기들이 유리한 개활지에서 싸우려고. 그렇다면 전면전을 염두에 두고 있다는 뜻이지."

"그게 다 되어간다는 증거잖아."

시하는 형언하기 어려운 얼굴로 칸타를 보다가 예고 없이 데르긴을 집어 들었다. "어깨 아파." 그녀는 칸타의 어깨에 데르긴을 얹어놓고는 휙 몸을 돌려 걸어갔다. 잠시 시하의 뒷모습을 좇던 칸타의 시선이 다시 시체들로 돌아갔다. 요정은 칸타의 옆얼굴에 떠오른 쓸쓸한 만족감을 보았다. 혼란스러웠던 데르긴은 일단 실용적인 문제를 지적해보기로 했다.

"이봐, 친애하는 길벗. 이 짓을 한 누군가가 근처에 있을 가능성을 좀 더 고려해주면 안 될까?"

"글쎄? 어차피 날아다니는 것들인데. 죽어라 도망치면 지친 채 맞닥뜨리게 되는 거지."

"어……?"

"괜찮아. 근처에 있다 해도 우릴 건드리진 않을 거야. 이야기를 전할 목격자가 필요하잖아. 전달되지 않으면 저런 걸 굳이 만들 필요도 없지."

이게 냉정한 통찰인지 자기파괴적 낙관주의인지 고민하던 데르긴은 결론을 내리지 못한 채 다시 말했다.

"내가 알기로 간다르바는 이런 끔찍한 짓을 즐기는 존재가 아닌데."

"압사라를 너무 오래 기다리다가 이상해진 거야. 집착 때문에 타락하게 된 거지."

"천인오쇠?"

"높은 곳에서 떨어지면 더 깊이 박히는 거랄까."

"압사라를 왜 기다리는 거지? 무슨 약속이나 예언 같은 것이 있는 거야?"

그런 것은 없었다. 고기와 술을 먹지 않고 아름다움과 좋은 향기를 즐기지만 이 땅에서 그런 것을 발견하지 못했던 간다르바들은 자신들의 모든 문제를 해결할 수 있는 것이 압사라의 존재라는 결론을 내렸고, 압사라가 있을 만한 곳을 찾다가 어디에서도 천녀를 발견하지 못하자 압사라가 찾아와 춤출 곳을 직접 만들기로 했다. 어떤 간다르바가 최초로 그런 생각을 하고 실행에 옮겼는지는 알려져 있지 않지만 그는 곧 비슷한 생각을 하거나 그의 결정에 동감하는 동료들을 만나게 되었고, 가능성 있는 계곡을 찾아낸 간다르바들은 그곳을 압사라가 방문할 만한 복토로 가꿔나가기 시작했다.

"그리고 최근 그것들은 마트 무리가 압사라를 오지 못하게 하는 장애물이나 심지어 압사라의 적이라고 생각하게 된 것 같아."

"애초에 어디에도 압사라가 없어서 시작한 짓 아니었어?"

"도무지 이해 못 할 행동이라고 말할 것까진 없지?"

데르긴은 앞쪽에서 걸어가는 시하를 보았다. 꼿꼿하게 서서 흔들림 없이 걷고 있었지만 데르긴의 눈엔 아지랑이처럼 보였다. 요정은 미간을 잔뜩 찡그렸다가 칸타의 귀 쪽으로 얼굴을 돌렸다.

"내가 시하의 대변인은 아니지만, 시하는 저걸 보면 너도 저 꼴이 될 거라는 생각은 못 하냐고 너한테 묻고 싶을 것 같은데."

칸타는 뜨악해했다. "그럴 리가. '좋겠네'라면 몰라도."

"……받아치기 어려운 농담인가?"

"응? 음, 이상한 의미가 아니라 저건 천인오쇠의 확실한 증거잖아. 천인오쇠가 무엇의 전조지?"

데르긴은 숨을 들이마셨다. "그 간다르바들이 곧 죽을 거라고?"

"있는지도 모를 압사라를 기다린다느니 천녀들이 찾아올 계곡을 가꾼다느니 하는 짓부터가 이미 그런 증거라고 할 수 있지. 그리고 저 처형은 더 이상 다르게 해석할 수 없는 확실한 증거이고. 그 간다르바들은 이제 머지않았어. 마트퀸이 아무 생각 없이 그 계곡을 노리는 건 아니지."

데르긴은 칸타가 말했던 '다 되어간다'는 말을 떠올렸다. 그리고 그가 드러낸 씁쓸한 만족감도. 저 처참한 광경은 칸타에겐 길조였던 모양이다. 이제 칸타는 마트에 합류하면서 자동으로 얻게 되는 적 중 캇파에 대해서만 신경 쓰면 될 것이다. 그리고 캇파는 물을 떠날 수 없다. 전도가 유망하군.

그래서 데르긴은 근시안적이라는 지적을 관두기로 했다. 삶의 터전과 방식을 바꾸기로 결심하고 길을 나선 청년이 맞이한 길조를 그 앞에서 부정하는 건 성미에 맞지 않았다. 하지만 바로 앞에 있는—정확하게는 자기 어깨에 앉아 있는— 반대 증거를 못 알아보는 것에 대해선 속으로 혀를 찰 수밖에 없었다.

'이봐, 칸타. 다른 것이 나타나지 않는다는 보장이 없잖아. 지금 네 어깨에 있는 요정처럼.'

두 사람이 고역스럽게 마녀샌드위치를 나눠 먹고 오후 내내 걸어가는 동안 수확된 폐허 외에 다른 것은 더 이상 나타나지 않았다. 흠칫하며 하늘 전체를 살피는 짓을 그만둔 데르긴은 대신 시하를 관찰했다. 언제 '그때'가 올지 궁금해하며, 그때가 오면 어떻게 자리를 피할지 고심하며. 하지만 겨울의 짧은 오후가 가뭇없이 사라지고 길고 혹독한 밤을 예고하는 저녁 바람이 사방을 치달리기 시작할 때까지 시하는 쓸 만한 말이나 행동을 하지 않았고 하다못해 의미심장한 표정 한 번 짓지 않았다.

그들은 마트에 도착했다.

상업 건물을 예상했던 데르긴은 눈앞에 나타난 마트가 아무리 봐도 종합운동장인 것을, 정확히 말해 종합운동장의 70퍼센트쯤과 거기 덧대어진 여러 구조물들의 집합체인 것을 보고 당황했다. 칸타가 설명했다.

"이 무리가 처음 일어선 곳이 마트였어. 여긴 새로 구한 터인데 이름은 그냥 남았지."

문득 데르긴은 이 '마트'가 그 옛날의 성채와 비슷한 면이 있음을 깨닫고는 탄성을 질렀다. 원래 주차 구역이었을 주변의 공터나 입장객을 한 곳으로 모이게 만드는 구조의 입체 진입로 등은 방어 측면에서 유리해 보였고 여러 방식으로 보강한 외벽은 어설프게나마 성벽의 역할을 할 수 있을 듯했다. 외벽의 높이 자체는 그 옛날의 성들보다도 높았고 그 위에 새로 얹어진 구조물들은 성루나 흉벽, 감시탑 등의 역할을 염두에 둔 듯했다. 물론 이 구조물이 어엿한 성이 되려면 엄청난 노력과 상당한 시간이 더 필요할 거라는 것은 자명했다. 하지만 그걸 해낼 작정으로 이곳을 골랐다면 그들의 야심이, 그리고 그 야심을 정당화할 역량이 나름 만만찮다는 뜻이다.

"어떻게 된 거야. 난 많아 봐야 스무 명 정도 될 줄 알았는데. 마트 무리가 모두 몇 명인데?"

"만 명은 예전에 넘었고 거의 만 2천?"

칸타의 대답에 데르긴은 기가 막혔다. 그 숫자라면 이런 거대한 시설이 필요하다는 건 납득할 수 있다. 하지만 그 숫자 자체는 납득하기 어려웠다. '만 2천 명이라니. 그걸 어떻게 지탱하는지는 둘째 치고, 그 정도면 이미 안정성은 가지고 있다고 봐야 하잖아. 시하가 그 정도도……' 당장 떠오르는 여러 의문점들을 정리하기 위해 고개를 들고 위쪽을 본 데르긴은 움찔했다.

외벽 위에 사람 그림자 하나가 서 있었다. 감시병이 서 있는 것이라기엔 어색한 위치였다. 주변에 별다른 구조물이 없거니와 난간 같은 것도 보이지 않아 아래에서 보는 것인데도 하체 상당 부분까지 보였다. 그 말은 그 사람이 외벽 끄트머리에 서 있다는 뜻이기도 했다.

"저, 저 사람! 뭐 하는 거야?"

데르긴의 외침에 외벽 꼭대기의 사람을 본 시하와 칸타는 그 위험한 모습에 요정과 마찬가지로 긴장했다. 그러나 잠시 후 시하는 혀를 찼고 칸타는 팔을 들어 흔들었다.

사람이 뛰어내렸다.

데르긴은 비명도 지르지 못했다. 미미한 공기의 저항을 격파하며 뚝 떨어지던 사람은, 그러나 갑자기 추락 궤도를 바꿨다. 활공하듯 그들을 향해 날아오는 그림자를 보자 데르긴은 새로운 공포에 사로잡혔다. '간다르바?' 그러나 데르긴은 그 그림자 뒤편에서 날개를 볼 수 없었다. 거기 있는 건 길고 하늘하늘한 천 두 조각뿐이었다.

추락이었다가 활공이었던 것은 마지막에 부상이 되었다. 천을 휘날리는 사람은 지상에서 5센티미터 정도 떨어진 곳에 발을 둔 채 허공에서 스르르 다가왔다. 거리가 가까워진 덕에 데르긴은 중력의 이 충격적인 참패가 어떻게 해서 가능했는지 알게 되었다.

날개옷이었다. 동아시아 쪽에서 많이 보이는 어찌 보면 호쾌한 옷이다. 새의 날개 비슷한 것은 전혀 달려 있지 않은, 그냥 걸치면 날 수 있다는 박력 있는 사고방식이 담긴 기다란 천이다. 서양의 것으로 그만큼 호쾌한 비행 도구로는 마녀의 빗자루를 들 수 있을 것이다. 유체역학이나 항공공학과는 완전히 무관한, 일부러 그걸 무시하는 듯한 도구다.

날개옷의 착용자 또한 전통과 미학에 대해 박력 있는 태도를 취하고 있었다. 물론 하늘을 날아다니려면 그게 실용적인 데다 어찌 보면 당연한 일이기도 하지만, 그래도 날개옷에 G 슈트라니.

어떻게 압력 조절을 하는지 궁금해하던 데르긴은 백팩처럼 등에 메고 있는 급조 장치가 그걸 담당한다고 판단했다. 눈길을 끄는 장신구는 그걸로 끝이 아니었다. 상체엔 체인 메일처럼 보이는 걸 걸치고 오른쪽 허벅다리에는 손거울 같은 것을, 왼쪽 허벅다리엔 파초선처럼 보이는 걸 차고 있어서 테마를 정의하기가 난감했다. 가까이 다가와 헬멧을 벗자 여자임이 드러난 상대는 칸타에게 단도직입적으로 말했다.

"그 사람들은?"

칸타가 말했다.

"어제 저와 만나고 돌아오는 길에 습격을 받은 것 같습니다. 전 오늘 아침에 출발했다가 중간에서 사고 현장을 목격했습니다. 사망자는 모두 네 명이었고 생존자는 보지 못했습니다."

여자는 손으로 입 주변을 감싸 쥐며 고개를 떨어뜨렸다. 칸타가 건조하게 말했다.

"삼가 고인들의 명복을 빕니다, 마트퀸."

"조금 전에 아직까지도 안 왔다는 소식 듣고 찾으러 가려던 참이었어. 제기랄. 뭐가 공격했는지 알겠어?"

"간다르바인 것 같습니다. 이 요정은 사건 현장을 보고 때까치가 한 짓 같다고 하더군요."

"때까치? ……이런 씨발 것들! 장소는?"

칸타가 위치에 대해 설명하는 동안 마트의 정문으로 보이는 곳에서 몇 사람이 달려왔다. 마트퀸은 그쪽을 향해 천천히 와도 된다는 듯이 손을 흔들어 보이고는 정신을 차리려는 듯 두 뺨을 문질렀다. 잠시 후 마트퀸은 시하를 보며 말했다.

"시하, 너도 오는 거니?"

"아니요, 장 볼 일이 있어서 칸타가 오는 길에 함께 왔어요."

마트퀸은 얼굴을 찡그렸다. 그녀는 뭔가 한마디 하고 싶지만 상황도 장소도 그리 적절하지 않다는 것을 깨달은 듯 고개를 가로저었다.

"그걸 팔려고? 요정이라고 들은 것 같은데, 그게 뭘 할 수 있는데?"

"사실 이 요정이 쓸 물건을 구하러 온 건데요. 저는 봐도 모르니까 데려왔죠."

"그래? 알았어. 오늘 밤 돌아갈 순 없을 테니 쇼

핑 끝나면 내 거처로 와. 재워줄 테니까."

"싫은데요."

"저 안이라면 네가 어디 있든 찾아낼 수 있어. 사람 붙일 수도 있고. 귀찮게 굴지 말고 와."

시하는 사나운 표정으로 마트퀸을 노려보았지만 마트퀸은 할 말을 마쳤다는 듯 다시 칸타에게 말했다.

"진심으로 환영한다, 칸타. 제대로 환영하고 싶지만 상황이 이래서. 양해해줘. 어디로 가야 하는지 알지? 그래, 교대장이 알아서 해줄 거야. 종일 걸어왔으니 일단 가서 쉬고 내일 이야기하자. 다시 말하지만 와줘서 정말 고마워."

칸타가 이해한다는 듯 고개를 끄덕이자 마트퀸은 짧게나마 큼직한 미소를 지어 보이곤 그대로 다가오는 사람들에게 날아갔다. 데르긴은 그들이 무슨 이야기를 하나 궁금했지만 시하는 화난 걸음걸이로 그들을 지나쳐 마트의 정문으로 향했다. 데르긴은 남자들의 턱을 보며 이곳의 면도 도구의 수급 상황은 괜찮은가 보다 하는 판단 정도만 할 수 있었다. 마트의 정문은 원래 자동차가

지나갈 수 있는 운동장의 주 출입구 중 하나였던 듯했고 보강된 철문 앞을 지키던 이들은 칸타와 시하가 마트퀸과 대화를 나누는 모습을 본 탓인지 별말 없이 쪽문을 열어주었다. 쪽문 안쪽에도 철제 바리케이드와 도로 난간이었던 듯한 물건들로 이런저런 방어 시설이 설치되어 있었다. 그 사이를 조금 걸어가자 마트의 내부가 나타났다.

데르긴은 기가 막혀 휘파람을 불었다.

관객석의 경사를 따라 늘어선 판잣집과 오두막집, 곳곳의 풍차와 넓게 펼쳐진 태양 전지판, 그리고 곳곳의 불빛과 여기저기서 피어오르는 연기 등도 충분히 인상적이었지만 역시 가장 압도적인 것은 가운데 부분이었다. 원래 트랙과 필드가 있었을 부분이 통째로 논이었다. 겨울이라 다른 부분에 비해 황량하게까지 보이는 논바닥이었지만 데르긴은 서슴없이 그곳이 마트에서 가장 경이적인 시설이라는 결론을 내렸다. 최전성기의 인류라 해도 종합운동장의 바닥―다른 것들 다 제외하더라도 폭우가 발생해도 빠르게 배수되도록 되어 있는, 따라서 물이 잘 고여 있어야 하는 논과는 정반대라 할 수 있는—을 논으로 바꾸려면 많은 중장비와 막대한 비용이 필요했을 거라는 데르긴의 지적에 칸타는 고개를 끄덕였다.

"소문에 따르면 마트퀸은 지니한테서 마법 보물을 찾아낼 수 있는 코와 그 사용법을 알아낼 수 있는 눈을 얻었다던데."

"……세 번째는?"

"모든 갇혀 있는 지니의 자유."

데르긴은 약간의 시차를 두고 피식했다. 칸타가 계속 말했다.

"그게 사실인지 프로파간다인진 모르지만 어쨌든 마트퀸이 신기한 걸 많이 가지고 있는 건 맞아. 그중에 좀 심하게 일중독인 말이 한 마리 있지. 옛날 사람들의 기계 몇십 대와 맞먹을 정도야."

"어떤 말인지 알겠다."

"그 말이 이 논을 만들었어. 많이 줍긴 하지만 이 주변 최고의 농지지."

"정말 경이적인 곳이긴 한데 네가 말한 것처럼 줍아서 1년에 몇 명을…… 그게 아니군." 데르긴은 손가락을 튕겼다. "종자구나."

"맞아, 종자를 많이 비축해뒀다고 들었어. 이제 파종할 땅이 필요해. 내년 봄부터 2, 3년이 승부 지. 응?"

관객석으로 향하는 계단을 오르려던 칸타는 몇 단 위에서 앞을 가로막듯 선 시하의 모습에 멈춰 섰다. 시하는 약간 먼 곳을 보며 말했다.

"넌 저쪽이잖아. 여기까지 같이 와줘서 고마 워."

칸타는 계단에 올렸던 발을 도로 내렸다.

"약하고 바꿀 건 있어?"

"신경 안 써도 돼. 세이브?"

잠시 주저하던 칸타가 어정쩡하게 계단을 올라 섰다. 그러나 칸타가 두 번째 계단에 발을 디뎠을 때 시하는 몇 계단을 물러났다. 급한 동작에 데르 긴은 시하의 옷깃을 꽉 붙잡아야 했다. 칸타는 움 직임을 멈췄다. 복잡한 시선으로 시하를 올려다 보던 칸타가 조금 후 배낭을 뒤지며 말했다.

"중국의 황제도 만 년을 살지는 못했어."

"뭐?"

"수억 명의 중국인들이 만세, 만세 하면서 만년을 살라고 빌어주었지만 만 년은커녕 백 년을 산 황제도 없었어. 하늘의 아들인데 말이야. 그리고 자신의 뻔뻔한 죽음에 대해 사과한 황제도 없었지."

"……뭐?"

"사과해야 마땅하지 않아? 황제의 죽음은 그 많은 이들의 요구를 거부하는 짓이잖아. '황제 폐하 만세'는 거의 정언명령이었다고. 하지만 자신의 부덕함이나 불민함을 사과한 황제는 있어도 자신의 필멸성에 대해 사과한 황제는 없었어. 그래도 황제와 수억 명의 중국인들은 잘 살았다고."

"알려줘서 고마워."

빙긋 웃은 칸타는 배낭에서 꺼낸 꾸러미를 계단에 내려놓고는 허공의 무엇인가를 건드리는 시늉을 했다. 그리고 그는 아무 말 없이 몸을 돌렸다.

계단을 내려가 농지 가장자리를 따라 걸어가는 동안 칸타는 뒤를 돌아보지 않았다.

내측 구역으로 들어간 시하가 도착한 곳은 횃불 몇 개로 밝혀진 '교역소'였고 그곳을 지키는 몽둥이 든 사내 두 명은 시하에게 경계심을 보이진 않았다. '교역소? 주변의 야인들이 마트 사람들과 교역을 하는 곳인가. 그럼 여기엔 물품이 많고 저 밖에는 야인들이 상당히 있다는 말인데.' 데르긴이 생각하는 동안 시하는 교역소장이라는 여자에게 면역조절제를 원한다고 말했다. 교역소장은 당황했다.

"무슨 소린지 모르겠는데요. 연고나 항생제, 진통제 같은 식으로 말하면 알겠지만."

"데르긴?"

데르긴은 큰 기대감 없이 보유하고 있는 약을 볼 수 있느냐고 말했다. 그리고 교역소장의 안내를 받아 들어간 창고를 수색한 후 목표했던 것을 발견하고는 놀랐다. 교역소장은 데르긴이 집어든 것이 미분류 약품이라고 말하고는 용도를 질문했다.

"의사 없어요? 장기이식이나 자가면역질환……음. 어지간하면 쓰지 말라고 하고 싶군요. 면역계의 균형을 건드리는 약이라 위험하거든. 원인을 알기 어려운 피부병이나 심한 관절염 앓는 사람한테 다른 도리가 없을 때 하루 한 알씩만 줘봐요. 혹시 도움이 되는 것 같아도 절대로 과복용이나 장기 복용은 시키지 말고. 난 한 알만 있으면 되지만 만약을 위해 두 알 가져가죠."

입술을 동그랗게 만든 채 데르긴의 설명을 듣던 교역소장이 시하에게 제안했다.

"이 요정 팔 거예요? 쓸모가 있겠는데."

시하는 창고 한쪽에 의자를 놓고 앉아 있는 남자 쪽을 보느라 대답하지 못했다. 시하의 시선을 따라간 데르긴은 석기-청동기-철기의 구분 외에 생나무기-자른나무기-편나무기 구분도 쓰임 직하지 않은가 생각했다. 그러니까 살아 있는 나무 위에서 살다가, 나무를 잘라서 쓰다가, 마지막으로 나무를 납작하게 펴서 쓴 것이 털 없는 원숭이의 역사인 것이다. 남자의 주요 무기는 몽둥이보다는 옆에 놓여 있는 소화기인 듯했고 여차하면 소화액을 뿜어낼 용이 지키고 있는 보물은 복사용지 상자들과 전지 무더기, 노트, 스케치북, 골판지 상자 더미, 카드보드 페이퍼, 화장지, 종이컵, 종이 기저귀 등의 종이 제품들이었다.

데르긴은 성채로 변하고 있는 운동장 외벽이나 그 한가운데를 점령하고 있는 논을 보았을 때와 비슷한 감명을 다시 느꼈다. '종이. 그래, 훌륭하군.' 이자들은 정말 중요한 것들을 확정하고 그걸 확보하고 있었다. 교역소장이 젠체하며 말했다.

"아, 거긴 없어요. 제일 좋은 노트들은 따로 보관해뒀거든."

"예?"

"칸타가 쓸 것 말이에요."

시하는 싸늘한 무표정만을 보였다. 궁금해진 데르긴은 그게 무슨 뜻인지 질문했고 마트가 칸타를 영입한 이유가 마트에서 일어난 일들의 기록자 역할을 맡기기 위해서임을 알게 되고는 당황했다.

"어, 예, 중요한 일이죠. 그냥 일어난 일만 쓰면 되는 연대기라고 해도 아무나 쓸 수 있는 건 아니죠. 어떤 면에선 창작보다 더 엄격한 요건들이 있으니까. 하지만, 아무리 그래도 연대기 작가를 초

빙까지 한다는 것도 좀 그런데요." 결과론적으로 네 사람이 죽어가면서까지 말이지. "만 2천 명 중에 연대기 작가가 될 사람이 한 명도 없어요?"

"당연히 없죠. 드래곤이 기억해주는 사람 같은 건."

"예?"

"요정 씨, 사정을 잘 모르나 보네? 시하가 사는 동물원의 드래곤이 사람의 노래를 기억하는 건 알아요?"

"그건 알고 있는데요. 응? 사람의 노래…… 설마 칸타가 쓴 걸?"

"그 드래곤은 다른 노래들과 함께 칸타가 쓴 것도 기억할 거예요. 언젠가 칸타가 드래곤의 시험을 통과한 다음 그걸 요구했거든. 드래곤은 수락했고요."

데르긴은 입을 떡 벌렸다. 그는 설명을 요구하는 눈으로 시하를 보았지만 시하는 끝났으면 나가자는 말 한마디 없이 몸을 돌려 창고를 나가버렸다.

면역조절제의 대금이 뭘지 궁금해하던 데르긴

은 상태 좋은 스크루와 볼트 들이 든 주머니를 꺼내는 시하를 보고 그럴듯하다고 생각했다. 교역소장은 저울로 무게를 달아 대금을 받았다. 용무를 마치고 교역소 밖으로 나온 시하와 데르긴은 마트퀸이 확실한 일처리를 좋아한다는 것을 알게 되었다. 얼굴이 허리에 차고 있는 칼보다 더 날카로워 보이는 남자가 그들을 기다리고 있었다. 물론 그 칼이 정글도라서 약간 무뎌 보이는 건 사실이지만 그래도 참 대단한 용모였다. "퀸의 거처로 안내하죠"라는 남자의 말에 대놓고 싫은 표정을 짓는 시하에게, 데르긴은 솔직하게 감탄했다.

"어디 있는지 알아요."

"그럼 잘 따라오겠네요."

시하는 포기하는 표정을 짓곤 앞서서 걸어갔고 남자는 조금 뒤에서 그들을 따라왔다.

마트퀸은 데르긴을 당황시켰던 그 요란한 복장을 벗은 상태였다. 허리춤까지 끌어 내려 묶은 비행복과 티셔츠 차림은 확실히 조금 전에 비하면 평범했다. 다만 여전히 날개옷을 걸친 채 바닥에서 5센티미터가량 뜬 상태였다. 다리를 전혀 움직이지 않은 채 유령처럼 왔다 갔다 하는 퀸의 모습에 어지러워진 데르긴은 주변을 살폈다. 퀸의 거처는 원래 선수 대기실이었던 듯한 곳에 칸막이 벽을 세워 구분한 곳이었고, 그녀가 시하와 데르긴을 맞이한 곳은 응접실이라기보다는 작업실처럼 보이는 곳이었다. 사방의 벽을 점령한 상자와 통, 연장 등과 가운데를 차지한 큼직한 작업 탁자, 그리고 그 위에 놓여 있는 고무판과 바이스, 모탕 때문에 그렇게 보였다.

안내자를 돌려보내고 시하를 의자에 앉힌 퀸이 탁자 맞은편에 앉으려다가 말했다.

"아, 그런데 밥은 먹었어?"

시하는 허벅다리에 얹어둔 배낭에서 마녀샌드위치 꾸러미를 꺼내더니 소름 끼쳐 하는 퀸을 무시한 채 한 입 씹었다. 데르긴은 다시 감탄했다. 시하는 속이 뒤집히는 기색을 거의 보이지 않았다.

"한 입 하실래요? 많이 있는데."

퀸은 경멸하는 손짓을 해 보였다. 의자에 앉아 자신의 어깨와 상완을 주무르던 그녀가 말했다.

"그 요정이 뭘 구하려고 온 건데?"

"면역조절제요."

"응? 그게 뭔데? 아니, 뭘 하려고 그게 필요한 건데?"

"사랑의 묘약을 만들려고요."

어깨를 주무르던 퀸의 손이 딱 멈췄다. 퀸은 휘 둥그레진 눈으로 시하를 바라보았다. 그녀가 뭐라 말을 하려 할 때 시하가 가로채듯 말했다.

"이 요정이 자유의 대가로 그걸 만들어주겠다고 했어요. 아마 여기선 팔 수 있겠죠. 혹시 요사스러운 약이라 매매를 금지하실 거라면 미리 알려주실래요? 폐하께서 그런 걸 금지한다면 어색하겠지만."

"잠깐, 잠깐! 사랑의 묘약이면, 그게 뭔데? 그 약을 쓰면 사랑스러워져?"

"예? 무슨 말씀인지 모르겠는데요."

"그 약을 사용하면 사랑스러워지는 거야? 그래서 다른 사람이 그 사람을 좋아하게 돼?"

"아닌데요. 약을 사용한 사람이 사랑에 빠지는 약이죠. 사랑스러워지는 약이라면 그건 매력의 약이나 아름다움의 약 같은 식으로 불려야 할 것 같은데요."

"뭐? 아니, 그 말도 맞는데, 그래도 이상하잖아. 그 약을 사용하면 사랑에 빠진다고? 그런 약이 왜 필요한 거야? 굳이 약을 먹고 사랑에 빠지다니. 응? 잠깐. 독약은 사용자가 죽는 약이지. 자기가 아니라 다른 사람에게 쓰는 것이 목적이야?"

"예, 오베론이 쓰던 것처럼. 그거 맞지, 데르긴?"

"그런 셈이지. 내가 만들 건 바르는 것이 아니라 먹는 거라서 '트리스탄과 이졸데가 마신 것처럼'이라고 고치고 싶지만 그자들은 스스로 마셔 버렸으니 비유가 좀 이상해지겠네. 이분께서 말씀하신 자신에게 쓰는 것도 사랑의 묘약이라고 부르는 경우가 있긴 하지만 역시 타인에게 쓰는 것이 에로스의 화살 이래로 전통적인 사랑의 묘약 맞아." 데르긴은 활을 쏘는 시늉을 해 보였다. "맞히면 사랑에 빠진다. 먹이면 사랑에 빠진다."

시하는 퀸에게 '들으셨죠?' 하는 표정을 지어 보였다. 퀸이 뜬어보는 눈길로 시하를 살피더니 독백하듯 중얼거렸다.

"쉽독, 불독, 울프독."

데르긴은 입술을 둥글게 모았다가 시하를 보았지만 시하는 아무런 반응도 보이지 않았다. 아니, 반응이 있긴 했다. 그녀는 지겹다는 기색을 보였다. 그러나 퀸이 다시 말하자 시하의 눈꼬리가 치솟아 올랐다.

"그게 그런 약이라면 네가 그걸 먹고 칸타를 홀려서 데려가겠다는 위협은 아니군."

"욕 좀 해도 될까요?"

"그런데 칸타에게 그걸 먹인다면? 먹여서 너를 사랑하게 만들어서…… 아니군. 그게 그런 식으로 쓰는 약이라면 나한테 미리 알려선 안 될 테니. 응, 역시 위협용으론 쓸 수가 없네."

"합니다?"

"그럼 어떤 식으로 할 거야? 더 예상하기도 귀찮네. 그냥 해."

데르긴도 이게 욕을 해보라는 뜻은 아님을 알 수 있었다. 시하도 그랬다. "뭘요?"

"협박. 할 거잖아. 빨리 해봐."

시하는 어깨를 떨어뜨린 채 마트퀸을 노려보다

가 한숨을 내쉬었다.

"폐하, 폐하께서 아까 그 남자 보내서 절 여기로 끌고 오셨는데요."

"그래, 그러니까 도의적인 배려 좀 기대해도 되겠지? 내가 안 그랬으면 나랑 둘이서만 있을 상황 만들어내기 어려웠을 텐데. 나 많이 바빠. 옛날 생각하고 자기 좋은 머리 믿고 그냥 칸타 따라왔겠지만 그렇게 쉽지 않아."

"무슨 착각을 얼마나 거창하게 하고 계신지 모르겠지만 그냥 말하죠. 폐하를 위협할 생각 없어요."

"하?"

"하."

"하아?"

"하아."

"도대체 얼마나 더 도와줘야 하는데?"

"아무것도 도와주실 필요 없는데요."

"할 수 없군. 정말 미안한데 내 시간이 부족해. 그러니까 내가 대신 하지. 나쁜 년아, 칸타를 데려가지 마. 칸타는 내 거야. 난 칸타한테 아무것도 못 주지만, 그래도 칸타는 내 거야. 칸타는 아무것도 쓸 게 없는 동물원을 떠나고 싶어 하지만, 그래도 칸타는 내 거야. 내 거니까 내 거야. 돌려 줘. 안 그러면 박살 낼 거야."

문밖에 있는 이도 들을 만큼 거칠게 숨을 쉬면서도 자신이 고요를 지키고 있다고 믿는 사람의 바로 그 숨소리를 내던 시하가 괴롭게 말했다.

"일단 감사드리죠."

"이미 말했듯이 나 편하자고 하는 짓인데, 뭘."

"안 할게요. 됐죠?"

마트퀸은 두 손을 들더니 탁자 위에 털썩 엎드렸다.

"그럴 생각도 없었다, 가 아닌 건 참 고마운데 말이야. 응, 존경스러워. 그런데 말이야, 결국 하겠단 소리잖아. 아, 젠장. 좀 시원시원하게 가자아아아."

"뭘 더 바라시죠?"

퀸이 고개를 홱 들어 올렸다. "너도 와!"

"싫어요."

"와. 나랑 둘이서 칸타가 어떤 남자랑 만나나

보며 수다 떨면서 놀자고. 물론 주책을 넘지 않는 선에서. 뭐 가끔은 넘을 수도 있고."

"싫어요."

"여기선 그 구역질 나는 거 먹지 않아도 돼."

데르긴은 시하의 무표정에 대한 경의로 배낭 위에서 꿈틀거리는 그녀의 손가락들을 주목하지 않기로 했다. 퀸이 다시 상체를 일으켰다.

"독신으로 사는 거라면 여기서도 얼마든지 할 수 있잖아. 혼자 살다 후손 없이 죽겠다면 장소는 문제가 안 돼. 동물원에서 홀로 늙어 죽든 여기서 홀로 늙어 죽든 마찬가지잖아. 그러니 여기라고 해서 안 될 이유는 없어. 이유가 있으면 말해봐. 납득시켜보라고."

"폐하를 계속 보면 미쳐버릴 것 같아서요. 폐하를 시해할 수 없는 것이 울화통 터져서 제 목을 따버릴 것 같아서요."

"시해가 뭔데? 네 이름하고 무슨 관계있어?"

맥이 탁 풀리는 바람에 데르긴은 현기증을 느꼈다. 붉으락푸르락하던 시하가 억지로 침을 삼켰다.

"왕이나 부모를 죽이는 걸 시해라고 합니다. 제이름과는 관계없어요."

"아, 그래? 날 죽이면 살인이 아니라 시해야? 흥미롭네. 어쨌든 날 보면 네 속이 터질까봐 여기 못 오겠다는 거지? 그러면 되도록 안 보면 되지. 잘 알겠지만 내가 원하는 건 네가 헨리한테 받은 것을 우리한테 돌려주는 것뿐이야. 나와 직접 마주할 일은 없어."

시하는 질렸다는 듯이 퀸을 외면했다. 느긋하게 몸을 뒤로 젖히던 퀸은 눈이 커다래진 요정을 보곤 장난기 어린 얼굴이 되었다.

"애, 요정아. 너 쉽독이 뭔지 아니?"

"데르긴입니다. 쉽독이라면 양 치는 개죠, 폐하."

"그러면 불독은 수소 치는 개인가, 데르긴?"

"불독은 수소를 골리는 개죠."

"그러면 울프독은 늑대를 치는 개야, 늑대를 골리는 개야?"

데르긴은 재미있다고 생각했다. "늑대와 개의 혼혈이죠."

"잘 아는군. 요즘 사람들은 쉽독이 뭔지 울프독이 뭔지도 몰라. 방금 한 이야기를 들려주면 무슨 이름 짓는 것이 그따위냐고 되묻지. 나도 그랬고. 방식이 다 똑같잖아. 동물 더하기 개. 그런데 동물과 개의 관계가 셋 다 달라. 관대하게 봐줘서 앞의 둘은 넘어간다고 해도 세 번째는 영 다르잖아."

"영어 사용자의 관점에서 늑대를 상대하는 개라면 그건 독이 아니라 하운드일 테니까요. 폭스하운드나 오터하운드처럼 울프하운드가 되는 거죠. 그래서 울프독은 튀기를 가리키는 이름으로 쓸 수 있었을 테고요. 하지만 무슨 말씀을 하시는 건지는 알겠습니다. 쉽독, 불독, 울프독은 말씀하신 것처럼 형태론적으로는 구조가 같죠."

"그래, 형태론이 뭔진 모르겠지만 똑같다고. 이상하지 않아? 인간은 말을 하는 동물인데, 그 기똥찬 발명 덕분에 번성할 수 있었던 건데, 왜 그 중요한 말을 이렇게 아무렇게나 만들어도 되는 거지? 얼핏 보면 이상하지만 사실 답은 자명해. 말 말고 다른 것이 있으니까."

"말 말고 다른 것이오?"

"그 사랑의 묘약 말이야. 나는 사랑스러워지는 약이냐고 물었지. 내가 멍청해 보였을지 모르지만 그렇게 생각할 수도 있잖아? 그 이름 안에 들어 있는 건 '사랑'과 '약'뿐이니까."

"예, 그럴 수 있죠."

"따라서 난 확인을 해야 했지. 그런데 너와 시하가 이야기하는 걸 들어보니 너희들은 그걸 서로 확인하지 않았던 것 같군. 시하는 그게 뭐냐고 묻지 않았고 너도 그게 뭔지 설명하지 않았던 거지? 오베론은 도대체 누구야?"

"오베론이오? 인간의 문학에 나오는 요정 왕의 이름입니다. 투란도트라는 이름이 중국인에게 낯선 만큼 요정에겐 낯선 이름이지만."

"어, 그다음엔 트리스탄과 이졸데가 누구냐고 물으려고 했는데 투란도트는 또 누구람. 관두지. 그러니까 그자들은 내가 모르는 이 근방의 누군가가 아니라 노래에 나오는 자란 말이지?"

"음. 예, 그렇다고 할 수 있죠."

"그러니까 너와 시하는 오베론이 나오는 노래

를 알고, 그래서 사랑의 묘약이 뭔지 서로 설명할 필요가 없었다는 거지?"

데르긴은 입을 벌렸다. 이해하기 어려운 말은 아니지만 그 논리가 유도하는 가설이 충격적이었다.

"아니, 폐하. 설마 아헨라이즈가 노래를……."

"모르는 말로 된 노래는 자기가 직접 한국어로 번역해서 가르치지. 잘 배웠는지 시험도 하고. 열정 교사 아냐? 물론 헨리한테 F를 받으면 넌 음식 food이라는 뜻이니 시험이 좀 벅차다고 할 수 있지만, 괜찮아. 결국 헨리대학 첫 번째 OB가 될 인재가 나타났으니까."

퀸은 손가락을 펴 시하를 가리켰다.

"네가 목숨을 걸고 얻은 거니까 네 것이라고 생각한다면 착각이야, 시하. 그건 네 것이 아냐. 그 노래들은 인간의 것이야. 넌 그걸 인류에게 돌려줘야 해. 와서 우리 아이들에게 노래를 가르쳐."

시하가 탁자를 내리쳤다.

세 번 연속해서 탁자를 내려친 시하는 얼굴이

시뻘겋게 변한 채 퀸을 노려보았다. 퀸의 차분한 모습이 데르긴에겐 인상적이었다. 승리감을 드러내도 될 텐데 그러지 않았다는 점에서. 분노 때문에 눈물이 그렁해진 채 시하가 속삭였다.

"창고에 기저귀가 있더군."

"생리대 대용은 아냐."

"방금 말한 그 우리 아이들, 상징적 표현이 아니라 실재하는 거지? 벌써들 싸지르고 있는 거야?"

"우와, 유치해."

"간다르바한테 죽은 사람 중에도 부모가 있어?"

퀸은 탁자를 내려다보았다. 여왕의 굳은 두 뺨은 백 년의 풍파도 깎아낼 수 없을 것처럼 보였다. 고요 속에서 조만간 고장 날 기계의 작동음 같은 시하의 목소리가 흩날렸다.

"당신 정말 죽이고 싶어."

"시해하고 싶다고? 흐음. 왜?"

"바보들을 위한 면죄부 상인이니까."

"더 길게 말할 순 없어?"

"영웅이니까."

"어머, 부끄러워라."

"인간이 새끼를 치게 만드는 건 너 같은 족속이야. 도대체 왜 자꾸 나타나는 거야. 남다른 재주가 있으면 자기를 위해 쓰다가 조용히 죽어. 왜 다른 사람들을 들쑤셔. 왜 뭔가 될 것 같은 분위기를 퍼뜨리는 거야. 그러면 얼간이들이 넘어가잖아. 소망을 전망으로 착각하잖아! 사랑해도 되는 줄 알고 서로 얽히고 비비고 문질러. 애를 낳아! 제 앞가림도 못하는 주제에, 너 같은 족속이 계속 부활해가며 자기네 후손들을 지켜줄 거라 믿고서!"

"누가 들으면 수백 년은 산 줄 알겠다."

"나는 수만 곡의 노래를 알아."

데르긴은 퀸의 얼굴에 떠오른 질투에 놀랐다. 시하는 그 질투에 침을 뱉었다.

"당신네 족속에 대한 고발들을 나는 알아."

"⋯⋯그건 고발이 아냐. 날 욕하는 건 상관없지만, 이 건방진 꼬맹아. 가치도 이해 못하는 너에게 주어진 보물을 네가 가지고 있다는 이유로 함부로 모욕하진 마! 그건 선조들이 어떻게든 후대에 전달해야 하는 것들을 담아놓은 인류의 보물이야. 인류의 정수야! 그걸 다운로드하지 못하면 우리 아이들은 호모사피엔스의 유전자를 가지고 있을 뿐인 다른 생물이 될 거라고! 부흥의 핵심은 바로 너—"

"네가 가지고 있지 않다는 이유로 함부로 추앙하지 마."

퀸은 목까지 치밀어 오른 욕설을 간신히 삼키는 것처럼 보였다.

"뭔가를 외울 때 노래를 붙여서 외우는 그 단순하면서도 효과적인 암기법이야. 핵심은 그거라고. 인류가 발견한 효과적인 행동 양식과 문제 해결 수단, 경계해야 할 것들의 목록, 고찰, 설명, 이해를 운율과 이야기에 담아서 전한 거—"

"케케묵은 조상 숭배."

"집어치워! 헨리는 동물원 주인이야. 동물원은 멸종 위기의 동물을 부흥시킬 의무가 있고! 그런데 헨리가 뭘 하고 있지? 적령기 인간들을 모아 난교 파티라도 벌이고 있어? 아니야, 노래를 가르치잖아! 이해를 못하겠어? 그렇게 뻔히 보여주고 있는데. 인간이 부흥하기 위해 손에 넣어야 하는 것이 뭔지 모르겠냐고!"

시하는 얼굴을 감싸 쥐었다. 급조한 밀실로 잠시 도피했다가 나온 그녀가 음침하게 말했다.

"들었어, 데르긴? 이게 저 여자의 가설이야. 헨리가 인간에게 특별한 애정이나 빚이 있는 건 아니지만 동물원장이 되기로 한 건 사실이다. 동물원은 멸종 위기 동물의 보존과 부활의 의무가 있으니까 헨리는 멸종 위기종인 인류를 부흥시킬 의무를 자신에게 부과했다. 헨리는 인간 하드웨어의 복제는 그걸 가장 잘할 수 있는 인간 자신에게 맡기고 스스로는 인간 소프트웨어를 보존하기로 했다. 그래서 헨리는 자신을 인간 소프트웨어의 방주로 만들었다. 그리고 여기 있는 시하는 현존하는 그 유일한 하드카피다. 창의력이 제법이지? 이 족속의 특징이지."

데르긴은 턱을 감싸 쥐었다.

"그렇게 가정한다면 아헨라이즈가 사본을 만드는 방식이 이상하지 않습니까?"

시하가 눈을 치떴다. 데르긴은 그녀를 못 본 체하며 퀸에게 말했다.

"아헨라이즈는 문자나 편집 기법, 저장 장치 등을 발명할 필요가 없습니다. 이미 여러분이 필요한 걸 다 발명해뒀으니까요. 폐하께서도 마녀레인지를 아시는 것 같은데, 그것과 비슷한 걸 만들면 됩니다. 이를테면 태블릿 같은 걸 많이 구해서 자신이 아는 모든 노래를 집어넣고 필요할 때마다 전력이 생성되게 만들어서 여러분에게 뿌리면 되겠네요. 그게 낭만이 부족하다면 스스로 노래하는 하프나 말하는 두상, 손에 쥐면 자동서사가 되는 펜 같은 신통방통한 걸 만들어도 괜찮겠죠. 아헨라이즈가 왜 그렇게 하지 않는 거죠?"

퀸은 기다렸다는 듯이 말했다. "그러면 보물이 아니게 되잖아."

"예? 보물이오?"

"드래곤은 뭘 모으지?"

"허?"

데르긴은 소름이 돋았다.

그렇게 개방된 곳에 두진 않을 거라 생각하고

이상하게 여기진 않았지만, 데르긴이 그 기린 방사장에서 금붙이의 흔적도 보지 못한 건 사실이다. 드래곤이 집착하는 것으로 유명한 보물 말이다. 그런데 황금이니 보석이니 하는 것들은 기본적으로 쓰임새가 박약한 물건이다. 먹거나 마실수도 없고 공작이나 건축의 재료로 쓸 수 있는 것도 아니고 반짝거리지만 그렇다고 해서 조명으로쓸 수 있는 것도 아니다. 그나마 인간은 그 희소성과 내구성을 기반으로 경제적 용도, 즉 교환 수단으로서의 쓰임새를 활용할 수 있지만 드래곤은 대규모 경제 시스템의 일원도 아니다. 드래곤에게 보물은 완전히 무용한 것이다.

본질적으로 무용하기에 상한 또한 없이 무한히 가치를 가질 수 있는 것.

물론 예술도 그러하다.

'목숨을 걸게 해놓았지.' 상한 없는 가치를 가지는 보물은, 그래서 그것 때문에 사람이 죽을 수도 있는 것이어야 한다. 시하는 목숨을 걸고 헨리와 문답을 한다. 헨리의 노래들은 치명적인 것이다. 그리고 전통적인 보물인 황금이니 보석이니

하는 것들이 이 시대에 잃어버린 것도 바로 그 치명성이다. 왜냐하면 시하가 단언했듯이 이 시대 사람들에게 '요정이 숨겨놓은 황금 단지 같은 건 아무 쓸모가 없'는 물건이므로.

"금은보화 대신 인간의 고전을 모으는 거라고요? 그걸 대규모로 복제하는 건 스스로 보물의 가치를 하락시키는 짓이니까 할 수 없고?"

"맞아, 그 노래들이 바로 헨리가 모은 보물이야. 그리고 드래곤답게 그걸 내줄 생각도 없지. 하지만 그러면 동물원장으로서의 의무는? 그래서 꾀를 내었지. 한번 가르친 노래를 제대로 외우면 새 노래를 가르쳐주지만, 실패하면 즉시 죽이는 거야. 그래, 일이 어떻게 돌아갈지 알겠지? 처음엔 그렇게 어렵진 않아. 하지만 외워야 할 것은 계속 늘어나지. 헨리는 자기가 가르쳤던 것 중 아무거나 고를 수 있으니까 배운 건 전부 다 완벽하게 외워야 하거든. 가면 갈수록 어려워져. 그런데 단 한 번이라도 틀리면 그 순간 끝장이고 말이야. 누가 그런 짓을 할 수 있겠어? 하지만 헨리는 자기 의무는 다했다고 말할 수 있는 거지. 완벽하게 노래를 배우지 못한 개체를 내보내봐야 인간에게 도움이 안 되니까."

"새 노래를 가르친다고요? 제가 봤을 땐……."

목격하지 못했기에 존재해야 한다는 것도 짐작하지 못했던 것을 깨닫는 그 아쉬움과 억울함이 섞인 감각에 데르긴은 탄식했다. 그가 여러 번 목격한 문답은 일반적인 형태가 아니었다.

"그래, 헨리는 시하에게 새 노래를 가르치지 않아. 알고 있는 건 다 가르쳤거든. 헨리도 아마 속을 앓고 있을걸. 자칫하다간 자기 보물을 다 뺏길지도 모르니까. 어쩌면 헨리가 선선히 칸타를 보내준 것도 그 때문일지 몰라. 시하를 밀어붙이려면 새 노래가 필요한데, 어디서 새 노래를 구하겠어? 그런데 칸타는 헨리에게 자기가 쓴 걸 다 기억해달라고 요구했거든."

'맙소사, 그건 마트제국 건국사쯤 되려나.' 기막혀하는 데르긴을 보며 흡족한 미소를 짓던 퀸이 다시 시하에게 말했다.

"헨리는 네가 실수하기만을 기다리고 있어. 거기 계속 머무는 건 자살행위야. 나와야 해. 그러면 넌 멸종 위기종을 부흥시키기 위해 동물원에서 정성스럽게 길러 야생에 방사한 개체가 되는 거지. 동물원장 헨리는 널 보호하면 보호했지 해칠 순 없어. 와서 우리 아이들에게 노래를 가르쳐. 그 애들을 인간으로 만들어. 그게 바로 네 사명—"

"다리 아파?"

데르긴은 정신적 오한을 느끼며 시하를 돌아보았다. 요정은 지금 그녀에게 손을 대면 손가락이 달라붙을 것 같다고 느꼈다. 퀸이 자신에게 묻는 거냐는 표정을 짓자 시하가 다시 말했다.

"왜 실내에서 날개옷을 걸치고 날아다니지? 못 걸어?"

데르긴은 그제야 마트퀸이 걷는 모습을 한 번도 본 적이 없다는 것을 깨달았다. 물론 알고는 있었지만 그걸 과시 같은 것으로 여겼지 다른 의미로 보지는 못했다. 퀸이 대답했다.

"못 걷긴. 며칠 전에 좀 급하게 착륙하다가 삐끗했어. 나을 때까지 충격 안 주려고 그러는 거지."

시하는 차가운 무표정으로 퀸을 응시했다. 퀸

이 짜증스럽게 물었다.

"왜?"

"그대로 하늘에 무방비하게 떠 있다간 죽을 지경이었나 보네."

"맘대로 생각해."

"허락해주셔서 감사합니다, 폐하. 맘대로 생각하겠습니다."

퀸은 턱을 쥔 채 머리를 기울였다. 날카롭게 시하를 보던 퀸은 어깨를 늘어뜨리고는 두 손을 깍지 껴 양 손바닥을 앞으로 내밀었다.

"오늘은 이 정도로 해두지. 가서 씻고 자. 그건 그렇고, 데르긴? 그 사랑의 묘약은 인간한테만 듣는 건가?"

"아니요, 티타니아를 떠올…… 자기기만이 가능한 족속에겐 대부분 다 통합니다."

퀸은 미소 지었다.

"사랑을 할 수 있는 족속이 아니라? 그게 그건가?"

데르긴은 대답 대신 순진한 미소를 지어 보였다. 퀸은 잠시 낄낄거린 후 시하에게 말했다.

"내가 사지. 만들면 가져와. 대가로 뭘 줄까?"

"……천천히 생각해보죠."

"좋아."

퀸이 벌떡 일어났다. 퀸은 두 발로 걸어 응접실 한쪽의 복도 앞으로 다가가 안쪽을 가리켰다.

"제일 안쪽 방에서 자. 화장실이랑 욕실은 안에 붙어 있어."

그리고 퀸은 다른 문을 통해 응접실을 나갔다. 딱딱한 얼굴로 그 모습을 보던 시하는 문이 닫히자 즉각 일어나 데르긴을 집어 들었다. 데르긴을 어깨에 앉힌 시하는 그대로 문을 열고 퀸의 거처를 빠져나왔다.

잠시 후 그들을 안내했던 날카로운 용모의 남자가 어딘가에서 나타났다.

남자는 반대한다는 듯 고개를 슬쩍 흔들었지만 시하는 그를 무시한 채 계속 걸었다. 그렇게 시하가 뒤에 남겨놓고 떠난 남자는, 그들이 마트 정문 근처에 도달했을 때 비루먹은 말의 예시 같은 말을 옆에 세워둔 모습으로 다시 나타났다. 보자마자 수의사를 부르고 싶어지는 그 깡마르고 볼품

없는 말이 어떤 말인지 짐작할 수 있었기에 데르긴은 눈을 크게 떴다. 시하가 이번에도 남자를 못 본 체하려 하자 남자가 찌무룩하게 말했다.

"내가 당신 머리에 총을 겨누고 억지로 태운 걸로 합시다."

"총이 안 보이는데요."

"그러니까요."

시하는 잠시 갈등하다가 남자에게 다가갔고 남자는 시하가 안장 위에 오르도록 도와주었다. 남자가 시하만 태우고 자신은 타지 않을 작정임이 분명해 보였기에 데르긴은 시하에게 질문했다.

"말 탈 줄 알아?"

"몰라."

"하긴 이게 그 말이라면 상관은 없겠네."

상관없었다. 남자는 말에게 시하가 가려는 곳까지 데려다주고 오라고 말했고 그러자 말은 고개를 끄덕이고는 위에 앉은 승마 미숙자를 배려하는 느릿한 속도로 출발해서 서서히 가속했다. 그리고 계속 가속했다. 가속을 멈추지 않았다. 상식을 뛰어넘는 시간 동안 계속되던 가속은 바로 감속으로 바뀌었다. 얼마든지 계속 가속할 수 있지만 감속 단계 없이 급정거했다간 탑승자가 관성 때문에 낙마할까봐 그러는 듯했다. 정속 주행이라 할 만한 순간이 한 번도 없는, 오직 가속 한 번과 감속 한 번뿐인 어처구니없는 질주 끝에 말은 대략 30분 후 시하와 데르긴을 아침에 출발했던 지점 근처에 내려놓았다. 데르긴은 할 말이 없다는 듯이 고개를 흔들었다.

"정말…… 아스가르드 성벽을 쌓은 그 말이 맞나 보군. 아무리 이런 시대라지만 어떻게 이런 걸…… 아니, 생각해보니 난 지금 드래곤이랑 시문답하는 애 어깨에 앉아 있네."

시하는 일언반구도 없이 동물원을 향해 걸음을 옮겼다. 하지만 몸에 남아 있는 그 대단한 여정의 여운 때문에 빨리 걷지는 못했다. 데르긴은 뒤를 흘깃흘깃 돌아보다가 한숨을 내쉬었다.

"이봐, 시하. 마트 인구가 정말 만 2천 명이 넘어?"

여전히 대답은 없었다. 데르긴은 혼자 중얼거리기로 마음먹었다. 마트에 도착한 이후부터 계속되었던 경이감을 소화하려면 그런 것이 필요했다.

"그건 호모사피엔스의 유전자 부동이 가능한 숫자야. 쉽게 말해 근친혼을 피하기 위해 결혼 상대를 외부에서 데려오거나 외부로 보내야 하는 수준은 넘어섰다는 거지. 물론 완전히 안전하다고 말하긴 어렵고 내가 책임자라면 아직도 외부인과의 결혼을 권장하겠지만, 그래도 그게 어디야. 로마 군단은 6천 명으로 도시를 만들었어. 물론 대제국의 지원을 받는 엄선된 군단병 6천 명과 남녀노소가 뒤섞인 고립된 만 2천 명이라고 말할 수 있지만, 로마 군단에는 스바딜파리를 부리고 하늘을 날아다니는 군단장 같은 건 없었어. 마트퀸과 그 무리는 정말 엄청난 성취를 이루었다고. 그런 사람들을 상대로 카산드라 시늉을 하는 건……"

데르긴은 말꼬리를 흐리고 청각에 집중했다. 고개를 돌려 시하의 옆얼굴을 확인한다는 더 직접적인 방법은 쓸 수가 없었다. 그러나 곧 어떤 확인법도 필요하지 않게 되었다.

소리 죽여 흐느끼던 시하가 더 걷지 못하고 털썩 무릎을 꿇었다.

으…… 어어…… 으어…… 어어어!

시하는 짐승 같은 소리를 내며 통곡했다.

동물원 폐허 위로 겨울밤이 무겁게 내려앉았다.

시하는 울고, 숨 막혀 하고, 울고, 괴로워하고, 울고, 버둥거리고, 울었다.

눈이 퉁퉁 붓고 호흡에 쇳소리가 섞이고 사지를 부들부들 떨게 된 후에도 울었다.

결국 시하는 눈물과 콧물과 침으로 범벅이 된 얼굴을 땅에 묻고 엎드려 꼼짝도 못하게 되었다. 거대한 인간을 어떻게 할 수 있는 손발이 없어 침울하게 바라보기만 했던 데르긴도 이러다가 큰일 날지도 모르겠다는 생각이 들자 더 참을 수 없었다. 요정은 급히 달려가 시하의 머리카락을 잡아당겼다.

"얼어 죽으려는 거야? 일어나, 응? 일어나라고!"

데르긴이 뽑혀 나온 시하의 머리카락들을 팔에 칭칭 감은 꼴이 된 후에야 시하는 힘겹게 숨을 들이마셨다. 받아들이지 않으려 하는 몸에 억지로 산소를 밀어 넣듯 힘겹게 호흡하던 시하가 상체를 들어 올렸다. 손을 어떻게 움직여야 하는지, 팔이 어디 달려 있는지 모르는 사람처럼 어색한 동작을 반복한 후 시하는 무릎을 꿇고 앉은 자세가 될 수 있었다. 시하는 턱을 가슴에 묻은 채 계속 호흡하기 위해 용을 썼다. 그러나 기를 쓸 때마다 눈물이 흘러나왔고 호흡은 점점 괴상한 것이 되었다. 시하의 상체가 허물어지듯 다시 앞으로 기울었다.

"시하!"

시하가 오른손으로 바닥을 짚었다. 입술을 잘근잘근 씹는 데르긴이 바라보는 가운데 시하는 왼쪽 팔뚝으로 얼굴을 훔쳤다.

"괴로워."

"그냥 마트로 가."

"싫어."

"가라고."

"그것들이 망하는 걸 보라고? 제 인생을 영웅에게 걸었던 바보들이 울부짖는 걸 보라고? 자기가 꾼 것도 아닌 헛꿈의 죗값을 대신 치러야 하는 아이들이 살아남는 걸 보라고?"

"망한다고 단정할 수는 없는 거잖아. 아까 말하던 중에 그만뒀지만 그 정도면 경이적인 성취야. 캇파는 물가를 떠날 수 없을 테고 간다르바는 쇠약해졌다면서. 마트가 파멸할 거라는 확실한 증거가 있으면 말해봐."

"너."

데르긴이 침착을 유지하는 건 쉽지 않았다. 두 개의 통찰력이 같은 과녁을 맞힌 것에 불과하지만 결과적으로 독심술에 가까운 형태가 되어버렸으니.

"넌 예상도, 대비도 할 수 없는 것이 계속 나타날 거라는 증거지. 이번에 나타난 것이 쥐틀에 갇힌 요정이라는 상대적으로 무해한 녀석이었다는 건 단지 운이 좋았기 때문이야. 다음엔 무슨 끔찍한 것이 올지 몰라."

"그 스바딜파리처럼 엄청나게 도움 되는 것일

수도 있잖아."

"그래, 퀸은 지금까지 운이 지나치게 좋았어."

"계속 좋을 수도 있잖아. 어쨌든," 데르긴은 최대한 부드럽게 말했다. "칸타는 거기 갔어. 마트가 성공할 수 있다고 생각해서—."

"칸타는 기록할 것을 찾아서 간 거야. 모처럼 불멸의 기록을 남길 수 있게 되었는데 여기에선 오늘도 마녀샌드위치를 먹었다, 여전히 속이 뒤집힌다 같은 것 말고는 쓸 것이 없으니까."

"……그래. 그리고 넌 칸타가 즐겁게 글 쓰는 걸 곁에서 볼 수 있겠네."

"식물인류의 연명치료 역할일 뿐인 인생을 살아야 하는 아이들이 태어나는 것도 볼 수 있겠지."

데르긴을 보는 시하의 눈동자는 조각상의 그것 같았다. 무기질적이었다.

"섬망상태의 인류가 보는 환상. 그래, 이제 모든 것이 명확해지네. 한 아이가 태어날 때마다 인류의 멸종이 유예되지. 하지만 그 한 아이가 태어날 때마다 길어지는 건 인류의 혼수상태야. 그게 지금의 우리지. 그게 너희의 세상이지. 그래, 그런 것이었구나."

시간에 이상이 생겨 갑자기 낮이 돌아온다 해도 돌덩이가 된 시하의 눈엔 데르긴의 모습이 비치지 않을 것 같았다. 그녀가 데르긴을 똑바로 바라보고 있었음에도.

"말해봐. 인류가 눈을 뜰 거라고. 정신을 차릴 거라고. 꿈에서 깨어날 거라고. 너희가 모두 사라질 거라고. 그런 작은 가능성이 있다고. 제멋대로 이 세상에 데려오는 대신 그 아이들에게 줄 수 있는 일말의 가능성이 있다고. 확실하게 하기 위해 능장을 부린 요정의 대답은 뭐야?"

데르긴은 대답하지 않았다. 대답할 수가 없었다.

매질당한 폭풍이 울부짖는 듯한 괴성이 울렸다. 고개를 들기 전 데르긴은 하늘이 무너져 내리는 광경을 보게 될 거라 거의 확신하고 있었다. 물론 데르긴은 금이 간 천구를 보지는 못했다. 하늘엔 체렌코프복사에 대한 LSD 복용자의 묘사 같은 빛에 휘감겨 있는 형체들이 있을 뿐이었다.

예닐곱쯤으로 보이는 형체들이 아래로 내려왔다. 더 자세히 살피고 싶었지만 데르긴은 옆에서 일어난 거친 움직임에 눈을 돌릴 수밖에 없었다. 비틀거리고 헐떡거리면서도 시하는 억지로 자신의 몸을 움직여 걸어가고 있었다. "시하?" 대답이 없었고, 움직임은 더욱 다급해졌다. 시하는 이제 달리고 있었다. 데르긴은 욕설을 내뱉으며 그 뒤를 따라 달렸다.

다리 길이의 차이가 있었지만 시하는 도중에 한 번 넘어지고 두 번 멈춰 서서 숨을 골랐고 그래서 요정과 인간은 거의 비슷한 순간에 목적지에 도달했다. 그리고 데르긴은 형체의 숫자가 모두 일곱임을 알게 되었다.

일곱 명의 간다르바였다.

괴상한 빛은 사라졌지만 여전히 봐줄 만한 모습이었다. 간다르바들은 대부분 머리에 텐갤런을 올려놓고 목까지 단추를 꼼꼼히 채운 셔츠에 재킷이나 코트를 걸치고 있었다. 데르긴은 곳곳에 보이는 리볼버나 레버 액션 라이플, 로프 사리 같은 근사한 소품들보다 그 단추 채움새에 깊은 인상을 받았다. 과거의 엔터테인먼트 종사자들이나 그들의 고객들이라면 그런, 뭐랄까, 모범생 같은 모습에 위화감을 느낄 테지만 말을 타고 돌아다니는 사람은 목깃과 소맷부리를 잘 여미는 것이 좋다. 바람에 날려 온 모래와 흙먼지로 옷 안쪽이 낮은 수준의 아이언 메이든처럼 되는 걸 즐기지 않는다면. 그리고 가축 떼가 이동하면 당연히 흙먼지가 부옇게 일어나는 법이다.

군이 인기척을 내려는 의도는 아니었지만 시하는 대단한 숨소리를 내며 도달했고 그래서 일곱 명의 간다르바들은 모두 그녀가 오는 방향을 쳐다보고 있었다. 시하가 걸음을 멈추고 애매한 위치에 서자 새카만 코트를 걸친 간다르바가 헨리를 향해 돌아섰다. 다행히 검은 코트의 입에서 나온 것은 텍사스 사투리의 영어가(그리고 힌디 악센트의 영어도) 아니라 정확한 한국어였다.

"황홀한 아헨라이즈, 이 소녀는 귀하의 피보호자인가?"

"그렇다."

"그대의 영토를 무방비하게 거니는 모습을 보

고 그러리라 짐작했지만 어디 상한 곳 없는 모습
이라 확인해보았다. 황홀한 아헨라이즈. 그런 인
간은 보통 저쪽 소속이지. 자리를 비켜달라 말해
주면 좋겠는데."

"나는 보호자이지 명령권자가 아니다. 시하는
자신이 있고 싶은 곳에 있을 것이다."

검은 코트의 간다르바는 무안을 당했다는 시늉
을 하거나 헨리를 째려보는 대신 즉각 몸을 움직
여 시하에게 다가왔다. 가까이 다가온 간다르바
를 본 데르긴은 그 체구가 정말 대단하다는 것을
확인했다. 또한 자신의 작은 키 때문에 미처 깨닫
지 못했지만 이 시기의 인간들은 모두 성장기의
영양 부족을 증명하듯 작다는 것도.

"시하? 나는 하늘비늘이다. 그대의 보호자와
조용히 이야기하고 싶다. 자리를 비켜다오."

시하는 하늘비늘의 눈을 똑바로 마주 보며 말
했다.

"헨리, 거래를 요청해."

"인생 백 년에 재능과 천운이 상잔하고, 상전이
벽해 되는 동안 눈시울 적실 일은 허다하다."

"귀하게 태어난 미인이 편히 발 쉴 곳 하나 없으니, 하늘이 홍안을 시기함은 심상한 일이기에."

"원하는 바를 말하라."

"이 새끼들을 다 죽여버려."

간다르바들의 머리가 무서운 속도로 헨리를 향해 돌았다. 헨리는 별 고민하는 기색도 보이지 않고 말했다.

"거절한다." "헨리, 거래를 요청해."

간다르바들의 머리가 동시에 시하를 향했다. 그런 그들의 뒤통수에 헨리의 말이 쏟아지자 다시 간다르바들의 머리가 움직였다.

"에우마이오스. 저쪽 두엄 더미에 있는 저 개는 정말 훌륭하군요. 대단한 모양새입니다. 저 개는 겉보기만큼이나 잽싼 친구인가요, 아니면 음식 찌꺼기에 아양을 떠는 저 구경거리 개 중 하나인가요?"

"저 개는 먼 곳에서 타계하신 그분의 개입니다. 만약 오디세우스께서 트로이로 떠나던 무렵이었다면 저 개는 자신이 어떤 개인지 똑똑히 보여줬을 겁니다. 그 무렵 그 어떤 산짐승도 저 개에게서

도망칠 수 없었죠. 그러나 이제 저 개는 사악한 시간에 삼켜졌으며, 그 주인은 죽어 떠났고, 여자들은 그에게 아무 관심도 주지 않습니다. 주인이 감독하지 않는 한 종들은 결코 제 소임을 다하지 않지요. 사람이 노예가 될 때 천둥을 울리는 제우스께서 그의 선량함을 절반 앗아 가시는 탓에."

"원하는 바를 말하라."

"이 새끼들 눈을 뽑아버려."

"거절한다.""헨리,""그만해!"

검은 코트의 하늘비늘이 분노로 떨며 고함을 질렀다. 지금껏 헨리와 시하가 말을 할 때마다 테니스 경기 관중처럼(데르긴은 테니스를 육안으로 본 인간이 있을지 잠깐 궁금해했다) 고개를 움직이던 간다르바들은 진이 빠진 모습을 하고 있었다. 하늘비늘은 팔뚝으로 입을 틀어막은 채 속삭였다.

"원하는 것이 뭐냐, 시하?"

"죽어버려."

"네 보호자이며 이곳의 주인인 황홀한 아헨라이즈는 조금 전 우리가 객의 예를 지키고 그의 피보호자들에게 어떤 위해도 가하지 않는 조건으로 들어오는 것을 허락했다. 스스로 한 약속이므로 우리는 폭력적인 행동을 삼갈 것이다. 네가 우리를 경계할 필요는 없다."

"여긴 뭣 하러 온 거야?"

"그건…… 아."

좋은 생각이 떠올랐다는 듯 고개를 끄덕인 하늘비늘이 시하에게 기다리라는 손짓을 한 후 헨리를 향해 돌아섰다.

"황홀한 아헨라이즈, 거래를 요청한다."

헨리는 아무 말도 하지 않은 채 물끄러미 내려다보았고 하늘비늘과 간다르바들은 당혹한 기색을 보였다. 보다 못한 데르긴이 말했다.

"실례합니다, 하늘비늘 씨? 저는 데르긴이라고 합니다. 보시다시피 거인이고요. 지금 뭘 하고 계신지 여쭤도 될까요?"

"아니, 저기, 음. 만나서 반갑다, 요정 데르긴. 요정 여왕께서 만수무강하시길. 『쭈엔 끼에우』와 『오디세이아』였던 것 같은데. 무슨 시인지 맞히는 것 아닌가? 그러면 황홀한 아헨라이즈가 협상에

응하는 듯한데."

"예, 대강 그렇습니다. 명성이 자자한 악사들이
시니 자신 있으시겠지요. 그런데 틀리면 어떻게
되는지 알고 계십니까?"

"응? 그러면 협상에 응하지 않는…… 다른 불
이익이 있는 건가?"

데르긴은 손으로 뭔가를 집어 먹는 시늉을 해
보였다. 뜨악해하며 요정을 보던 간다르바가 곧
믿을 수 없다는 표정으로 시하를 바라보았다. 다
른 간다르바들도 비슷한 놀라움을 드러내는 것을
본 데르긴이 부연했다.

"그리고, 어차피 이곳의 인간들만 응시 자격이
있는 것 같습니다. 제가 들은 바론 그렇습니다."

감춤 없이 자신의 혼란을 드러내던 하늘비늘이
손을 들어 올리더니 집게손가락을 접어 엄지로
눌렀다. 그 무드라를 보며 데르긴은 인도에서 간
다르바를 꺼낼 순 있어도 간다르바에게서 인도를
꺼내지는 못하는 모양이라 논평했다.

"잠깐만. 알 것 같다. 그러면 언젠가 목숨을 걸
고 도전할지도 모르는 상대에게서 그 판돈인 목

숨을 빼앗는 것은…… 그럴 수가 없군. 황홀한 아헨라이즈는 그런 식으로 인간들을 보호할 명분을 만들어둔 건가?"

"그렇게 정리해도 되겠군요."

"그대에게 교양을 빚졌다, 데르긴. 그런 것이었군." 하늘비늘은 실망하여 헨리를 향해 두 팔을 벌려 보였다. "그렇다면 거래를 할 수도 없는 것이군. 어떻게 해야 한단 말인가."

"누차 말했지만 그들은 그들이 가고 싶은 곳에 갈 것이다."

"우리는 이미 마트로 향하는 이들에게 그들이 맞닥뜨리게 될 위험이 무엇인지 경고했다. 그러나 보고 싶은 것은 보지만 봐야 할 것은 보지 않는 그들의 어리석음 탓에―"

"저 소녀 같다."

간다르바 하나가 갑자기 말했다. 하늘비늘이 돌아보자 간다르바는 시하를 가리켰다.

"경고를 무시했던 남녀 중 여자가 저 소녀인 듯하다."

데르긴은 숨을 멈췄다. 그게 마트 사람이 아니라 동물원 사람들을 향한 경고였어? 당혹스러웠지만 다시 생각해보니 그렇게 해석하지 않을 이유도 없었다. 동물원과 마트 중간에 있었으니까. 그런데 시하도, 칸타도, 데르긴 자신도 그게 동물원을 향한 메시지였다고 생각하지 못한 이유가 뭘까. '시하가 말한 것처럼 이 동물원을 정치적인 집단으로 보지 않았기 때문이지. 그런 정치적 행위의 대상이 될 수 있는 집단이 아니라고.' 하늘비늘이 화가 난다기보다 이해할 수 없다는 듯이 시하에게 말했다.

"어째서냐? 마트에 가는 것이 어리석은 행동이라는 경고가 그렇게 해석하기 어려운 것이었나? 알아보지를 못하니 이렇게 우리가 직접 찾아와야 하지 않나."

"내가 거길 가든 말든 네가 무슨 상관이야?"

"너희들을 위해서 그러는 거다."

시하가 독기 어린 눈으로 하늘비늘을 노려보았다.

"마트를 공격할 생각이군. 마트에서 동물원 사

람이 죽으면 헨리를 화나게 할까봐 무서운 거지."

가슴이 철렁한 데르긴은 하늘비늘과 다른 간다르바들의 표정을 살폈다. 하늘비늘은 미간을 찡그렸다.

"우리가 너희보다 황홀한 아헨라이즈의 이해에 더 관심이 있다는 것을 부정하진 않겠다. 하지만 어쨌든 직접적인 수혜자는 너희다. 그러길 강요하는 것은 아니지만 고마워해도 될 텐데."

"마트는 아직 너희들에게 적대적인 행동을 한 적이—"

"그걸 눈 가리고 아웅 한다고 하지? 마트 무리는 식량 공급을 폭발적으로 늘리지 않는 이상 조만간 아무 짓도 하지 않아도 자멸할 수준까지 증대했다. 하지만 퀸은 승산을 높이려면 병력이 많을수록 좋다고 생각하겠지. 그녀는 길항하는 두 요건 사이에서 최적해가 되는 시기를 놓고 고민하고 있을 뿐 그녀가 우리를 공격하리라는 것은 기정사실이다. 그렇다면 우리가 취해야 할 길은 자명하지 않은가. 그들이 더 준비가 되기 전에 공격하는 것뿐이다."

데르긴은 만 2천이라는 숫자를 들었을 때 하도기가 막혀서 잠시 해봤던 계산의 결과를 떠올렸다. '7.2톤이지.' 1인당 하루 쌀 600그램을 공급할 경우 마트가 하루에 필요한 쌀의 양이다. 시하가 입을 다물자 하늘비늘은 헨리를 향해 돌아섰다.

"그래서, 그대는 화낼 건가?"

"내게 거래를 요구할 자격을 가진 인간을 살해하는 것은 내 잠정적 거래를 방해하는 것이며 나는 그런 행동에 대해 적절한 책임을 물을 것이다."

"위험하다는 것을 인지한 상황에서 마트를 찾는다면 그건 그들 스스로 위험을 무릅쓴 것이다. 그건 그들의 선택이고 우리에겐 그런 그들의 안위를 보살필 책임이 없다."

"물론 그러하다."

"그렇지 않…… 뭐?"

"내 피보호자들은 자의에 따라 자신을 위험에 빠뜨릴 수 있다. 그대가 저 요정의 설명을 제대로 이해했다면 그들이 목적의 달성을 위해 자신의 목숨을 거는 것에 내가 이의가 없음을 알 것이다.

나와의 거래 조건이 바로 그런 형태이니."

"그렇다면, 어, 불문에 부치겠다는 건가? 우리가 마트를 공격하는 과정에서 우연히 그곳에 체류하고 있는 그대의 피보호자에게 의도치 않은 피해를 입히게 된다 하더라도?"

"물론 그대들에게 책임을 물을 것이다. 말하지 않았는가."

하늘비늘은 곧 발작을 일으킬 것처럼 보였다.

"도대체 무슨―."

"그대는 그들에게 마트행이 위험하다는 것을 고지하지 않았다."

"뭐라…… 지금까지 도대체 무슨 말을 들었는가. 고지했단 말이다! 마트로 향하는 길에 사체들을 세워 위험을 알렸다. 얼간이라도 이해할 수 있는 경고였다. 그런데 이해하지 못했다고! 그래서 이렇게 굳이 그대를 찾아와 그대의 어리석은 피보호자들을 계도하라 요청하는 것 아닌가!"

"말을 하라."

하늘비늘이 눈을 크게 떴다. 헨리는 머리를 대단히 느리게 기울이며 말했다.

"송장으로 지저분한 짓 하지 말고 그들에게 직접 말하라. 죽은 자의 입으로 말하는 건 베탈라가 하는 짓이다."

데르긴은 눈을 몇 번 깜빡이다가 아예 눈 주위를 비볐다. 그리고 헨리가 화염을 내뿜지 않았다는 사실을 재확인했다. 하긴 헨리가 정말로 간다르바들의 머리 위에 불꽃을 토해냈다 하더라도 지금처럼 간다르바들을 서 있는 잿더미 같은 모습으로 만들지는 못했을 것 같다. 갑자기 잿더미 하나가 분노의 신음을 흘리며 라이플을 들어 올렸지만 헨리를 겨냥하려던 그 동작은 7할 정도만 완수된 후 중단되었다. 간다르바는 라이플을 다시 떨어뜨리더니 허탈한 듯 중얼거렸다. "베탈라?" 하늘비늘이 자신의 성대를 고문하듯 말했다.

"혹시……." 그 이상은 말하지 못했다. 하늘비늘은 질문이 없었으니 대답도 하지 말라는 얼굴로 헨리를 올려다보았다. 하지만 헨리는 대답했다.

"냄새가 난다."

잿더미들이 얼음덩이들로 바뀌었다.

계절이 몇 번 바뀐 것 같은 기나긴 순간 후 하늘비늘이 입을 열었다.

"잠시 소란을 떨어도 괜찮겠나?"

헨리는 허락했다. 간다르바들은 잠시 한자리에 모여 몇 마디 말을 나눴다. 몇몇 간다르바들이 헨리를 가리키며 흥분한 몸짓을 해 보였지만 하늘비늘은 단호하게 자신의 의견을 관철했다. 조금 후 하늘비늘을 제외한 간다르바들이 하늘로 날아올랐다.

여섯 간다르바는 헨리동물원의 상공을 날아다니며 종말을 알리는 천사인 양 고함을 지르기 시작했다. 물론 내용은 종말과는 상관이 없었다. 조만간 간다르바들과 마트 사이에 심각한 마찰이 있을 테니 무엇이 중요한지 안다면 마트 주변에 얼씬거리지 않는 것이 좋을 거라는 단순한 내용이었다. 사방에서 간다르바들의 경고가 들려오는 가운데 하늘비늘이 불안정한 어조로 말했다.

"황홀한 아헨라이즈, 아둔하여 폐를 끼친 것을 사과한다."

"괘념치 않는다."

"정말로……" 하늘비늘은 고개를 세차게 흔들었다. "우리도 맡지 못하는 냄새를 그대가 맡을 수 있다면, 황홀한 아헨라이즈, 혹시 얼마나 남았는지도 짐작할 수 있나? 우리 중엔 그걸 아는 이가 없다."

"이곳에 있는 그대들 중 반년을 넘기는 이는 한둘 정도일 것이다."

데르긴은 조심스럽게 후각에 집중해보았다. 느낄 수가 없었다. 어쨌든 데르긴은 천인이 쇠할 때 몸에서 나게 된다는 냄새를 알지 못했고 따라서 맡고 있으면서도 모를 수도 있었다. '잔명이 겨우 반년이라고?' 하늘비늘도 큰 충격을 받은 듯했다.

"짧군."

"다른 시대였다면 수십 년, 어쩌면 수백 년이라고 대답했을 것이다. 하지만 이 시대의 그대들에겐 흠향할 아름다움이 부족하다."

"자랑하는 것 같지만 우리 계곡은 꽤 근사한데."

"동의한다. 하지만 그대들의 계곡은 감상자 압사라를 향한 예술가 간다르바의 표현이다. 천녀는 오지 않았고, 감상이 이루어지지 않았으며, 따라서 미완의 예술이다. 그건 그대들이 흠향할 수 있는 것이 아니다."

"지금 압사라가 온다면?"

"무슨 질문인가."

"지금이라도 압사라들이 온다면 우리는 그녀들의 향기를 맡을 수 있을까? 그게 차이를 만들어낼까? 그런데 설령 온다 하더라도 그녀들이 우리에게서 쇠락의 냄새를 맡을까? 그래서 가까이 오지 않을까? 다 늦은 건가?"

"모두 답할 수 없는 질문들이다."

"최고의 대답이군."

시하가 참을 수 없다는 듯이 외쳤다.

"마트 사람들을 다 죽였는데 압사라가 끝끝내 오지 않는다면? 그러면 당신들이 한 짓은 뭐가 되지? 무의미한 학살일 뿐이잖아!"

불쾌한 듯 시하를 본 하늘비늘이 열려던 입을 다물었다. 간다르바는 왼쪽 날개를 살짝 펼쳤다 접었다 했다. 같은 기관이 없기에 확신할 순 없었지만 데르긴은 하늘비늘의 표정을 보며 그것이 관자놀이를 두드리는 것과 비슷한 의미가 아닐까 추측했다. 하늘비늘이 중얼거렸다.

"그래야 되겠군."

"무슨 소리야?"

"학살, 그래. 아니, 대학살이라고 불릴 만한 것이 되어야겠군."

"무슨 소리냐고?"

시하의 익사자 같은 절박함을 무시한 채 하늘비늘은 자신의 말을 들으며 생각을 정리하는 자의 목소리로 말했다.

"끔찍한 기억이 남게끔. 아무리 시간이 지나도 잊히지 않는 이야기, 사람들이 끔찍한 사건의 대명사로 이용하고…… 무서운, 저주받은 장소의 비유로 인용하는. 그래, 가장 무모한 자라도 그쪽으로는 발도 향하지 않게……."

시하가 신음했다. "왜?"

"우리가 사라진 후 압사라가 올 때까지 계곡을 지킬 수 있는 건 전설뿐일 테니까."

시하는 넋이 나간 듯 입을 벌린 채 하늘비늘을 보았다. 하늘비늘은 허공을 나는 간다르바들을 하나씩 주시했다.

"압사라가 왔을 때 계곡이 남아 있어야 해."

"……아직도?"

하늘비늘은 시하의 모호한 질문에 짧은 응시만으로 대답하고는 두 날개를 크게 펼쳐 앞뒤로 가볍게 흔들었다. 데르긴은 그것이 손을 흔드는 것과 비슷한, 더 잘 보이는 제스처인가 추측했다. 동물원 상공을 날며 고함을 지르던 간다르바들이 하나둘씩 날아오는 모습이 그 추측을 뒷받침했다. 하늘비늘이 헨리에게 말했다.

"황홀한 아헨라이즈, 그대에게 갚기 힘든 은혜를 입었다."

하늘비늘은 두 손을 모아 가루다 무드라를 만들어 보였다. 헨리가 준 여명의 확정 덕분에 자유를 얻었노라 선언하는 듯했지만 데르긴은 그 간다르바의 얼굴에 새겨진 무서운 증오를 외면할 수 없었다.

"그대의 보물에서 언제나 같은 기쁨을 느끼길."

헨리는 말로도 행동으로도 반응하지 않았다. 이를 악문 채 헨리를 노려보던 하늘비늘이 거센 바람을 일으키며 휙 날아올랐다. 두어 번 선회비행을 하며 다가오던 간다르바들과 합류한 하늘비늘은 곧 그들 모두와 함께 하늘 저편으로 사라졌다.

날아들 때 간다르바들이 뿜어낸 기이한 빛은 기습이 아님을 보이려는 예의였던 듯 그들은 아무런 빛 없이 떠났고 겨울밤의 암흑이 간다르바들을 삼켜버리자 결과적으로 그들은 오지도 않았던 것처럼 되었다. 하지만 기린 방사장 주변엔 그들이 남겨놓은 것들이 거의 들끓고 있었다. 소리 없이, 열기 없이. 데르긴은 하늘비늘의 선언을 정리해보았다. '인간들을 학살하여 저주받은 땅의 풍문을 만들어 그들이 없을 미래에도 계곡이 침해받지 않은 채 압사라를 기다릴 수 있도록 하겠다고?' 실로 한도를 모르는 낭만이라고 할 수도 있겠지만, 형태만 본다면 그들이 이미 시행했던 일의 대규모 확장판이라고 할 수 있다. 꼬챙이에 꿰어 전시된 시체들. 다가오지 말라는 경고.

시체에 씌는 귀신의 소행이잖아.

헨리는 그것 또한 베탈라의 행동임을 굳이 지적하진 않았다. 이미 지적했기에 중언부언을 삼간 것일까, 아니면 오쇠는 비가역적이기에 자성의 촉구는 무의미하다 여긴 것일까? 둘 다 맞을 수 있고, 제3이나 제4의 대답도 가능하지만, 데르긴은 속이 뒤틀리는 기분을 느꼈다. 하늘비늘이 마지막에 뱉고 떠난 침의 영향일 것이다. '그대의 보물에서 언제나 같은 기쁨을 느끼길.'

시하가 말했다.

"헨리, 거래를 요청해."

"오, 바보여, 그대 자신을 그대 어깨에 걸머메려는가. 오, 걸인이여, 그대의 문간으로 구걸하러 오는가."

"먹어."

아헨라이즈가 일어났다.

아헨라이즈가 시하를 노려보았다. 드래곤의 눈은 지평선을 찢어내는 협곡이었고 그 바닥엔 불탄 해골이 켜켜이 쌓여 있었다. 씨앗이 싹 터 자라나 꽃을 피우고 꽃밭이 서릿바람에 사그라들었다. 폭발하는 화산이 뿜어 올린 불덩이에 하늘이 통째로 불탔다. 이글거리는 하늘이 불티를 흩날리며 대지를 향해 추락했다. 엄니 돈은 해일이 해안을 박살 내고 지상의 마지막 땅을 향해 쇄도했다. 추락하는 하늘과 질주하는 해일이 마지막 땅뙈기를 놓고 경쟁하는 동안 그 땅 위에서 시하는 수백 번 죽었다. 드래곤이 태양계를 성대 삼아 말했다.

"오, 바보여, 그대 자신을 그대 어깨에 걸머메려는가. 오, 걸인이여, 그대의 문간으로 구걸하러 오는가."

두 팔과 두 다리를 사방에 던진 채 바닥에 누워 있던 시하가 핏물을 뿜어내듯 『기탄잘리』를 읊조렸다.

"그대의 모든 짐을…… 감당할 수 있는 그분께 넘기고…… 결코 후회하며 돌아보지 말라."

"원하는 바를 말하라."

공포에 짓눌려 발광하던 데르긴이 춤을 멈추고 눈물범벅이 된 자신의 얼굴을 더듬었다. 자신의 이목구비가 절망에 녹아버리지 않았나 확인하던 요정이 시하를 향해 이를 갈았다.

"다시는 안 할 거지?"

시하는 대답하지 않았다. 두 팔을 힘겹게 끌어당긴 시하는 자신의 머리를 끌어안았다. 누군가가 머리를 뜯어 갈 것을 염려하는 사람처럼. 헨리가 말했다.

"원하는 바를 말하라."

"거절할 거잖아."

"원하는 바를 말하라."

"죽여줘."

"거절한다."

"그렇다면 칸타를 살려줘!"

시하가 머리를 쳐들며 동시에 일어나려 했다. 급작스러운 동작에 비틀거리던 시하는 결국 땅에 손을 짚고 엎드리게 되었고 그녀는 그 모습 그대로 땅을 향해 말했다.

"칸타는 살아도 되잖아, 하고 싶은 대로 하며 죽을 때까지 살아도 되잖아!"

"동성애자이고 행위자 대신 관찰자로 살기로 했으니 자신이 갚지 않을 죄를 낳을 일이 없으니까?"

"……그래!"

"칸타의 한정된 삶을 어떻게 쓸 것인지 결정할 자는 칸타 자신이며 그는 그 결정권을 행사했다. 그는 나의 보호를 포기하고 대신 저 밖에서 마트 퀸과 마트 사람들의 흥망성쇠를 기록하기로 했다. 그 결정을 존중했기에 너는 그를 붙잡는 대신 오늘 하루의 전송을 선택한 것 아닌가?"

"내가? 내가 바라는 건……."

"말하라."

"내가 바라는 건, 이 세상 어딘가에 칸타가 있다는 것, 그거야."

"칸타가 있다는 것?"

"칸타가 있는 세상. 내가 이 세상을 용납할 이유는 그것뿐이야. 칸타가 없다면 이 세상은 아무 의미가 없어. 그냥 잔인하고 끔찍한 곳일 뿐이야."

시하의 말을 숙고하듯 몇 초가량 침묵하던 헨리가 말했다.

"그러면 죽으면 될 것 아닌가."

데르긴은 충격 때문에 제정신을 차리는 귀한

경험을 하게 되었다. 그를 그이게 하는 도무지 어쩔 수 없는 어떤 요소 때문에 요정은 드래곤을 향해 고함을 질렀다.

"그게 무슨 소립니까! 살 수 없으면 죽으면 된다? 그게 드래곤 구루가 찾아낸 삶의 지혜입니까?"

"거북하다면 죽은 채로 살면 된다. 고래로 무수히 많은 이들이 죽기 전에 죽었다. 그 많은 이들이 해낸 일을 시하가 못 할 까닭은 없다."

"무슨 싸구려 냉소주의……"

"효율성을 말한 거다. 칸타를 살려서 죽이고 싶다면 그냥 시하가 죽어서 살면 되지 않는가."

데르긴은 하릴없이 시하를 돌아보았다. 그녀가 뭔가를 해주길 무의식적으로 바란 것이지만 실제로 시하가 행동에 나서자 데르긴은 머릿속이 하얗게 변하는 기분을 느꼈다. 시하는 기린 방사장의 무너진 부분을 통해 안으로 달려가더니 헨리의 오른쪽 앞발을 와락 끌어안았다.

"제발! 칸타를 죽이는 것이 아냐. 살리는 거라고!"

"죽이는 것이다. 기록자가 보호받는다면 그가 하는 것은 기록이 아니라 관음이 될 수 있다."

"관음이면 어때서! 그래도 기록은 기록이야!"

"네가 알고 있는 것을 내게서 듣고 싶다면 그리해주겠다. 네 말대로다. 기록은 기록자와 별개로 가치를 지닌다. 중생대의 공룡에겐 기록하려는 의도가 전혀 없었겠지만 그 발자국 화석은 광의적으로 기록이다. 하지만 칸타는 그런 기록자가 될 마음이 없다. 그는 오늘 네가 그리했듯 이곳에 적을 둔 채 마트를 오가며 취재를 할 수도 있었다. 칸타는 그리하지 않았고, 너는 그 이유를 이해하고 있다."

"알아…… 하지만…… 억울하잖아! 반년 일찍 간 것뿐이야. 반년! 이럴 줄 몰라서! 반년 뒤에, 간다르바들이 다 죽고 나서 가면 되잖아!"

헨리는 대답하지 않았다. 악을 쓰던 시하는 주먹으로 헨리의 발목을 탕, 탕 때렸다. 망치로 포탄을 내리치는 것이나 진배없는 광경에 데르긴은 넋 나간 웃음소리를 냈다. 하지만 시하가 드래곤의 발목을 할퀴고 급기야 입을 가져가 물어뜯기 시작하자 데르긴은 눈을 질끈 감았다.

칸타를 살려줘, 칸타를 살려줘, 칸타를 살려줘!

시하는 댐에 대고 같은 짓을 했을 경우만큼의 소득을 얻었다. 잠시 후 시하가 제풀에 지쳐 휘청 거리자 헨리는 속도 감각이 뒤죽박죽인 그 움직임으로 시하를 낚아챘다. 헨리는 방사장 바깥에 그녀를 내려놓았고 시하는 그대로 주저앉아 헛구역질을 하기 시작했다.

구역질 소리가 어떻게 좋은 자장가가 되느냐는 질문에 집착하던 데르긴은 자신이 왜 그런 생각을 하는지에 대한 의문으로 옮겨 간 후에야 겨우 자신이 잠에서 깨어났음을 알게 되었다. 그리고 그 덕분에 자신이 잠들었다는 사실도 알게 되었다.

아침인 듯했다. 태양의 소재는 모호했지만 몸 곳곳의 반갑잖은 느낌은 그 판단을 뒷받침하고 있었다. 데르긴은 눈을 비비다가 싸늘한 느낌에 흠칫했다. 마트 왕복과 계속된 감정적 흥분, 그리고 마지막으로 추위였나. 자신이 어떻게 깨닫지도 못한 채 잠들었는지에 대한 대강의 설명을 수립한 데르긴은 자신이 왜 얼어 죽지 않았냐는 두 번째 의문을 불성실하게 바라보았다.

아침이 드래곤이 되었다.

수사법적으로는 어떨지 몰라도 물리적으로는 담백한 사실이었다. 헨리는 악명을 잔뜩 붙여주고 싶은 그 해괴한 속도로 느닷없이 데르긴의 시야를 자신의 얼굴로 꽉 채웠다. 데르긴은 비속어 사전에 좋은 예문으로 수록될 문장을 몇 개 말했고, 자신이 저지른 일에 그렇게 놀라지도 않았다.

"뭡니까?"

드래곤이 아침이 되었다. 데르긴은 잠깐 찾아 헤맨 후에야 저 먼 공중으로 되돌아간 헨리의 얼굴을 발견했다.

"사랑의 묘약을 만들 건가?"

"뭐? 아니, 만들 겁니다!" 제정신과 함께 타당한 공포도 좀 돌아왔다. "그런데 시하는?" 헨리는 그 질문을 무시했다.

"시하에게 네 제품이 무슨 의미인지 아는가?"

보호자를 찾던 데르긴이 두리번거림을 멈췄다.

"강력하게 농축된 즉효성 영웅이겠지요."

헨리는 지나치게 느린 속도로 고개를 끄덕였다. 조는 것처럼 보일 지경이었다.

"강력하다는 진술엔 논쟁의 여지가 있을 것이다. 시하의 관점에 따르면 영웅은 자신을 불살라 시대를 발정시키고 수천 쌍의 무책임한 부모를 탄생시키는 자이지만 네 물건이 시대를 발정시킬 거라 예상하긴 어렵고 탄생시킬 무책임한 부모 또한 한 쌍이니까. 시하가 그런 물건을 네게 만들도록 한 이유를 아는가?"

"압니다, 제가 그 애 동정심을 이용해먹고 있다는 거. 그거 지적하시게요? 10대 여자애한테 사랑의 묘약을 주면서 억지로 떠넘기는 것 같은 기분을 느껴야 하다니, 이런 어처구니없는—"

"너를 먹지 않겠다. 계약을 파기하고 시하에게 위약금을 지불한 후 떠나라."

데르긴은 "헙!" 소리를 내고 말았다. 즉각 수락하고 싶었지만 그러지 못하는 자신을 향해 혀를 차며 요정은 일단 시간을 끌기로 했다.

"그 애는 동정심이 과해요. 아직 태어나지도 않

은 아이들까지 동정하다니."

"말장난이 하고 싶은가."

"······이미 인정했듯이 시하는 제가 불쌍해서 계약을 받아줬을 뿐입니다. 시하에게 묘약 자체는 목표도 아니었고 받은 뒤 그냥 내던져버려도 됩니다. 무얼 염려하시는 겁니까?"

"파괴적 수단을 입수한 인간이 그걸 사용할지 여부를 예상하기 위한 단서는 목하 부족하지 않다."

데르긴은 그 지적을 수용하기 위해 굳이 주변을 둘러볼 필요도 느끼지 못했다. 하지만 납득할 수 없는 것이 있었다.

"무슨 상관입니까? 그들이 자의에 따라 자신을 파괴하는 것에 이의가 없으시다면서요."

"시하가 네 제품을 쓰길 기대하고 있군."

"사실 저 요정입니다. 죽어서 살면 된다는 말씀도 하셨던 것 같은데요."

"죽은 인류의 다리에 전극을 꽂고 갈바니 흉내를 내고 싶은가?"

데르긴은 말문이 막혔다. 갈바니라고?

대답하지 못하는 요정의 대답을 기다리지 않고 헨리는 하늘을 주시하는 평소의 자세로 돌아갔다.

데르긴은 마지못한 듯한 몸짓으로 고개를 들었다. 구름 낀 회색 하늘은 뜨거워 보였다. 물론 피부로 스며드는 냉기 때문에 그런 오해를 유지하기는 어려웠지만 그 구름들은 수증기의 덩어리라기보다는 턱없이 거대한 먼지 뭉치 같았다. '볼 것 없군. 그런데, 시뇨레 갈바니?' 데르긴은 시하의 그 독특하다면 독특한 사상이 어디서 기원한 것인지 알겠다고 생각했다.

죽어가는 것은 죽어가게 놔두어라. 억지로 전기나 약물을 써서 살아 있는 척하게 하지 마라. 요정의 장난이라 해도 도가 지나치다. 판다는 중국이 준 것들에 감사할까? 살아날 수 있다는 건가? 가능성이 있냐는 시하의 질문에 대한 너의 답은 무엇이었는가?

헨리가 하지도 않은 말들을 잔뜩 떠올리는 자신의 머리에 진력을 내며 데르긴은 고개를 내저었다. 그는 요정이고 자기 동기에 의혹을 품는 버

릇은 없지만 이런 상황에서 자신의 성벽만 내세우기도 어려웠다. 나는 무엇을, 왜 원하지?

뭐든 제 뜻대로 된다고 믿는 거만한 자는 눈물이 쏙 빠질 정도로 골려주고 어찌할 바도 모를 정도로 힘든 자에겐 정신없는 행운을 준다. 거칠게 말하면 그게 요정의 행동 원칙이다. 선악? 데르긴은 그런 기준에 신경을 쓰는 요정이 있다면 되도록 교제를 피할 것이다. 윤리를 가르치려면 비윤리적이어도 된다고 믿는 마키아벨리적 종교인, 이야기꾼, 사상가 등이 어떻게 사실을 왜곡하든 요정은 자기가 불리해도 거짓말을 하지 않는 정직한 자나 없는 형편에도 남을 돕는 선량함을 지닌 자에게 행운을 주는 것이 아니다. '그런 자들이 보상을 받아야 한다고 생각한다면 자신이 직접 하라고. 요정이나 마녀나 덜떨어진 트롤 따위한테 떠넘기지 말고. 창피하지도 않아?'

데르긴은 고개를 끄덕였다. 생각해봤으니 됐다. 처음부터 결심을 바꿀 가능성 같은 건 없었다. 그는 요정이다. '난 요정제 특급 폭죽을 줄 테고 시하는 암흑 속에 불꽃을 날릴 거야.' 요정다운 만족감을 느끼던 데르긴의 눈에 시하가 들어왔다.

기린 방사장을 향해 천천히 걸어오는 시하를 보던 데르긴은 눈을 가늘게 떴다가 다시 크게 떴다. 그리고 다시 눈을 찌푸렸다. 그가 이곳의 수줍음 많은 거주자를 전부 만난 건 아니니 시하가 아닐 수도 있다. 시하와 비슷한 체구에 같은 옷을 입고 비슷하게 걷는…… 시하와 똑같이 생긴, 시하가 아닌 여자? 자극받은 상상력이 떠들어대는 '지금껏 모습을 드러내지 않았던 시하의 자매'가설에 손사래를 치며 데르긴은 무엇이 시하를 낯설어 보이게 하는지 다시 궁리해보았다.

오늘 아침 시하는 화장을 하고 있었다.

덕분에 데르긴은 시하가 그동안 내내 화장하지 않은 모습이었음을 깨달았다. 화장도 그 기원을 예단하기 어려울 만큼 오래된 몸단장 기술이지만 면도나 이발과는 그 궤를 달리하는데 그 특징이 위생문화라기보다는 의복문화에 가까워 그러하다. 극단적으로 말하면 화장은 화장품이라는 특별한 의상을 얼굴에(그리고 손발톱 등에) 입는 행위다. 그렇기에 이발처럼 일찌감치 형태가 정립되었으며 그 방향은 반대였다. 자신이 볼 수 없다는 점은 면도/이발과 마찬가지지만 화장은 처음부터 자기 스스로 실행하는 행위였다. 옷을 입고 벗는 건 직접 하는 일이니까. 이집트 귀부인들의 화장을 도운 노예나 전문 직업인으로 활동했던 메이크업 아티스트 같은 예외가 있지만 그 본질이 바뀐 것은 아니다.

데르긴이 '꽤 자연스러운데. 마술 화장 도구가 있는 걸까, 아니면 멸망 이전의 화장품이 남아 있는 걸까. 동물원도 일종의 접객업이니 스태프용 파우더룸 같은 것도 있긴 했을 텐데……' 같은 상상을 하는 동안 시하가 요정 앞에 도달했다. 시하는 들고 온 종이 가방을 바닥에 내려놓고는 데르긴이 들여다보기 좋도록 가방을 조심스럽게 눕혔다. 안쪽에는 칸타의 꿀병과 마녀샌드위치, 그리고 면역조절제가 들어 있었다. 데르긴이 내용물을 확인하자 시하가 말했다.

"또 뭐가 필요하지?"

"조금 전에 민원이 하나 들어왔는데, 교육적으

로 안 좋으니까 생산 시설을 이전하라더라고."

시하의 묻는 시선에 데르긴은 헨리 방향을 슬쩍 곁눈질했다. 시하는 눈썹을 꿈틀거렸다.

"협박당했어?"

"그랬다면 말 안 했지. 나야 괜찮지만 너한테 헨리는 어쨌든 보호자이고 그다지 하는 것이 없다 해도 은혜를 전혀 입지 않았다고 말할 수도 없잖아."

"헨리가 싫어하니까 한번 생각해보라는 거야? 헨리, 거래를 요청해."

데르긴은 충격을 받았고 충격을 받았다는 사실에 다시 충격을 받았다. 시하의 말이 끝나자마자 아헨라이즈가 즉각 시구를 읊조리지 않았다는 사실이 그렇게 놀랄 일이었나? 시하도 놀란 듯 약간 찌그러진 목소리를 내고 말았다.

"엔니?"

"불독, 쉽독, 울프독."

예상할 수 없었던 발언에 시하와 데르긴은 당황했다. 헨리는 아무 일도 없었다는 듯이 말했다.

"대구는 마타도르, 셰퍼드, 웨어울프다."

시하가 평가했다. "……하?"

"인류 멸망이 누구도 부인할 수 없는 사실이 되어 곳곳에서 인류 구제가 시도되던 무렵, 그 때늦은 사업들에 투입된 에너지와 자원의 일부라도 개한테 할애하지 않는 처사에 분노한 어느 애견인이 쓴 시의 일부다. 그가 보기에 지구상에 꽃피운 유일한 문명은 인류 문명이 아니라 인간/개 문명이고, 인류가 제 어리석음으로 멸망한다면 인류 여명기에 그들을 믿고 합류하여 함께 문명을 건설해준 종만큼은 끝까지 책임졌어야 했다. 그는 그 책임을 도외시한 인류를 비난하고자 했다. 너에게 알려주진 않았다."

시하의 입과 코 주위에서 하얀 김이 소용돌이쳤다.

"퀸이 내 선배였어?"

"마트퀸이 아는 노래는 네 만 분의 1도 되지 않는다."

"그래도 내가 모르는 노래를 아는 모양인데. 왜 나한텐 안 가르쳤는데?"

"당시만 해도 내 심미안은 도저히 가다듬어졌

다 말할 수 없는 것이었다. 마트퀸도 시인이 말하고자 한 것엔 귀를 기울이지 못했다. 대신 다른 것에 매혹된 듯하다."

"하고 싶은 말이 뭐야?"

"넌 영웅이 될 것이다."

소녀는 태워 죽일 듯한 눈으로 드래곤을 노려보았다.

"저번 제자가 그렇게 됐으니까? 단편적인 예로 너무 비약적인 결론을 내린 거 아냐?"

"넌 네가 아는 노래들로 퀸을 판정했겠지. 그건 누가 가르친 노래들이지?"

"……승복."

"내 단편적인 경험이 아니라 내가 아는 노래들을 통해 내린 결론이다. 그리고 네가 영웅이 될 거라는 결론을 내리기 위해 그리 많은 노래들을 검토할 필요도 없다. 너는 마법에 걸린 여왕, 유폐된 공주, 잠든 여신을 구하려 하고 있다. 생식을 봉쇄당한, 달리 말하면 거부하는 반려들이지. 암흑의 바다를 건너고 가시덤불을 헤치고 무시무시한 동굴 가장 깊은 곳까지 들어가서 그들을 일깨워 재생산에 참가하게 하는 자를 무어라 일컫는가."

"재미있네."

시하를 물끄러미 바라보던 헨리가 이상하게 들리는 말을 시작했다.

"과거 농업 신문이나 축산업 잡지에 종종 실리던 기사 중엔 특정 수분촉진제나 배란유도제가 농축산물의 증산에 어떤 효과가 있는지에 대한 분석 기사나 사용자 인터뷰 기사가 있었다."

뜨악한 얼굴로 드래곤을 바라보던 시하가 털썩 주저앉았다.

팔을 이상한 각도로 뒤틀며 고꾸라지지만 않았을 뿐 복싱 경기에서 어떻게 맞았는지도 모르게 맞은 복서가 보이던 모습 그대로였다. 데르긴은 그런 시하의 모습에 경악하지는 않았다. 자신 또한 상대도 없는데 업어치기를 당한 기분이었으니까.

"인간 부흥의 가장 직접적이고 일차원적인 방법이 무엇인지 묻는다면 답은 인간 증산이다. 인간이 많아지길 바란다면 많이 낳으면 된다. 많이 낳는 방법은 많이 교미하는 것이다. 많은 교미를 바란다면 돼지 발정제나 식물 호르몬 같은 것을 쓰던 감각으로 인간을 대하면 된다. 인류가 멸종할 지경인데 미소니 한숨이니 두근거림이니 하는 소리를 늘어놓는 넋 빠진 젊은이나 인간은 자식을 위해 자신을 버리고 살아야 한다는 진리를 무시하는 멍청한 몽상가, 이 위중한 시기에 인간 증산 참여를 거부하는 괘씸한 동성애자에겐 사랑의 묘약을 먹이면 된다. 너는 베르터도, 에이허브도, 몰리나도 인간 증산에 참가시키는 길을 가르쳐준 문화영웅이 되겠지."

데르긴은 제멋대로 움직이는 턱 때문에 돌 것 같은 기분을 느꼈다. 반박하고 싶었고 분노하고 싶었지만 그러기가 어려웠다. 상상도 못 해본 사용법이었지만 일단 이해하게 되자 사랑의 묘약을 그런 식으로 사용하려는 자가 나타날 것이라는 것을 데르긴은 부정할 수 없었다. '카르파티아산맥의 천재는 무슨 짓을 했더라?' 그리고 그런 행위는 파멸의 가속밖에 되지 않을 것이다. 출산율

이 높아진 루마니아가 선진 부국이 되진 않았다.

자신이 깨달은 것을 시하 또한 깨달았는지 확인하기 위해 고개를 돌린 데르긴은 섬뜩함을 느꼈다. 주저앉은 시하는 머리를 기울인 채 기묘한 눈빛으로 그를 바라보고 있었다. 시하가 말했다.

"상대적으로 무해한? 창피하네……."

'왼쪽? 오른쪽?' 시하의 자세를 보며 데르긴은 그 순간이 왔을 때 어느 쪽으로 몸을 던지는 것이 그나마 확률이 더 높을지 필사적으로 궁리했다. 설득이나 항변 같은 걸 고려할 수가 없는 눈빛이었다. 제기랄. 무슨 짓이든 할 수 있는 자들이 사랑의 묘약을 인간 증산제로 전용한다 하더라도, 그걸 나한테—

"데르긴, 사랑의 묘약은 너만 만들 수 있는 거야?"

"아니."

"그렇겠지."

시하는 두 손바닥으로 눈언저리를 세게 눌렀다. 그녀가 손을 떼자 데르긴은 그리 절실하지는 않았던 답을 하나 알게 되었다. 자동 수복 기능을 보니 전성기의 인간 화장품인 듯했다. 갓 화장을 마쳤을 때처럼 완벽한 상태가 된 시하가 속삭였다. "칸타."

어디선가 나타난 송곳이 허공을 미끄러지다가 데르긴을 향했다.

데르긴은 자신을 겨냥한 송곳을 위협이나 경고의 의미로 보기 어려웠다. 그보다는 지휘봉의 움직임 같았다. 네 연주를 시작하라고 말하는 듯한. '하지만 난 악보가 없는데.' 당혹감 속에서 우물쭈물하는 요정을 향해 시하가 천천히 머리를 움직였다.

"더 필요한 게 뭐야?"

데르긴은 거의 반사적으로 움직였다. 그는 먼저 꿀병을 만지고 마녀샌드위치를 만진 다음 그 둘을 만졌던 손으로 면역조절제를 만졌다.

"사랑의 묘약이야."

이번엔 시하가 당황했다. 그녀는 물끄러미 요정을 내려다보다가 탁한 목소리로 말했다.

"장난으로 보기에도 질이 낮은데."

"태양 표면에선 버너가 없어도 찻물을 끓일 수

있지."

"응?"

"실제로 해보지 않아도 누구나 그럴 거라는 건 예상할 수 있지만, 버너 안 챙겨도 되니 좋다고 태양 표면에서 티타임 약속을 잡을 사람이 어디 있겠어? 자살행위잖아. 마찬가지지." 데르긴은 눈을 들지 않은 채 손만 들어 헨리를 가리켰다. "이 주변에선 현실적으로 그게 말이 되냐는 질문만큼 부질없는 질문도 드물어. 모두들 드래곤 근처에선 마법사 견습생도 마법원이니 주문이니 부적이니 화로니 하는 것들 없이 마법을 부릴 수 있을 거라 믿지만 아무도 해보진 않았을걸. 마법 부리려다가 음식 배달하게 될 테니까. 진짜 되긴 되네."

데르긴은 속으로 혀를 찼다. 그래, 지나치게 쉬워서 머뭇거리기도 뭣했어. 쉽다는 걸 보여주고 싶은 충동도 있었고. 조금 후 시하가 마지못한 듯이 몸을 움직였다. 허리를 구부린 시하가 한때 이 몰락한 시대에도 면역조절제로 남아 있다가 방금 사랑의 묘약으로 바뀐 것을 집어 들었다.

데르긴은 시하가 이게 정말 주문한 그게 맞냐고 묻지 않는 것을 당연하게 여겼다. 두 손가락으로 폭탄을 집어 든 기분을 느꼈을 테니 확인할 필요가 없을 것이다.

헨리는 아무 말도 하지 않았다. 시하는 그 침묵에 반박했다.

"칸타는 죽지 않아."

"여자들을 마녀레인지로 만들어도 괜찮은가."

시하의 상체가 크게 꿈틀거렸다. 아래턱이 파르르 떨리도록 이를 악물고 구토를 참아낸 시하는 자신이 해야 하는 것을 했다.

"대가로 주기로 했던 자유를 지불한다. 넌 자유야, 데르긴. 좋은 거래였고, 네가 괜찮다면 또 거래할 수 있기를 바라."

'오, 여왕님, 맙소사. 뭐 이런 애가 있지.' 이 시점에서 이런 감상을 느끼는 것이 스스로도 어이가 없었지만 데르긴은 혀를 내두를 수밖에 없었다. 시하는 그가 했던 말들을 전부 염두에 두고 그를 잠재적 거래 상대로 만들어주기 위해 필요한 말을 방금 했다.

그리고 이 애의 다음 일정은 연명치료 중인 식물인류의 호흡기 떼기지.

느닷없는 깨달음에 데르긴은 입 안쪽을 깨물고 말았다. 다른 때였다면 펄쩍 뛰었겠지만 데르긴은 짜릿짜릿한 입안을 내버려둔 채 정신없이 머리를 굴렸다. '그렇게도 이 빌어먹을 세상에 애를 못 내보내 안달이라면, 차라리 미친 듯이 낳아. 모든 자궁을 마녀레인지로 만들어 필요할 때마다 인간을 꺼내. 좋았던 옛날이 돌아올까? 내 경험으론 그렇지 않지만, 그렇게 해. 어떻게 하면 그럴 수 있는지는 지금부터 내가 보여주겠어. 저 소보다 임신 확률이 떨어지는 게이가 어떻게 되는지 봐.'

그리고 이 길을 시하가 거부감 때문에 거부할 리는 없다. 칸타를 사지에서 구해내면서 혼수 상태의 인류에게 쿠 드 그라스를 줄 방법이니까. '그리고 감히 칸타를 가질 수 있게 되지.' 데르긴은 입술이 씰룩거리는 것을 참으려고 용을 쓰며 헨리를 곁눈질했다. 이봐, 당신은 차라리 그런 소리들을 하지 말았어야 했어. 그냥 평소처럼 과묵하게⋯⋯.

데르긴의 손끝이 차가워졌다. '부추긴 거라고?'

데르긴도 이런 식의 사고방식은 어떤 반대 증거도 왜곡시켜 끼워 맞출 수 있기에 퇴행적이라는 것은 알고 있었다. 하지만 오늘 아침 드래곤은 그에게 먼저 말을 걸었고, 요정을 실수로 밟는 대신 자존심을 건드릴 만한 요구를 했고, 겉보기엔 반대하는 듯하지만 그로 인해 외려 시하와 데르긴이 하려는 일의 의미를 분명히 해주는 듯한 말들을 했다.

물론 자기 말을 먹는 바보가 되지 말라는 준엄한 경고였을 수도 있고. '갈바니 흉내?' 데르긴은 고개를 가로저었다. 드래곤은 이지와 논리만으론 작도가 불가능한 종족이다. 그는 배낭을 걸머메는 시하에게 말했다.

"마트로 가? 간다르바들이 경고했잖아. 이젠 그 경고 못 들었다는 소리도 못 해."

"그러니 서둘러야지."

"흐음. 자유를 되찾았으니 안정적인 말세 라이프를 위한 판촉을 생각해볼 때로군. 같이 가."

시하는 한쪽 눈을 가늘게 뜨고 데르긴을 보았다. 데르긴은 대답을 기다리지 않고 다가가 시하의 바짓자락을 붙잡았다. 시하는 어깨를 한번 으쓱이고는 요정을 집어 들어 어깨에 앉혔다.

"간다르바의 공격은 74분 전에 시작되었다."

인간과 요정은 경악하여 드래곤을 보았다. 헨리는 먼 곳을 보고 있었다. 갑자기 데르긴은 드래곤이 자신에게만 보이는 뭔가를 보며 말하는 것 같다고 느꼈다.

"공습은 해 뜰 때 하는 것이 상식이다. 퀸도 그걸 알지만 그런 상식이 상식인 건 안다고 해서 대처가 쉬워지진 않기 때문이다. 일파에 전멸하지 않은 것만으로 퀸은 좋은 야전 지휘관이라 주장할 수 있을 것이다."

시하는 절망에 찬 신음을 내며 달리기 시작했다.

반사적으로 시하의 옷을 꽉 붙잡았지만 데르긴은 이 달리기의 불모성에 치를 떨 수밖에 없었다. 이미 한 시간도 전에 공격이 시작되었는데 마트까지의 거리는 어제 입증되었듯이 하루였다. 물론 어제 입증된 사실은 하나 더 있지만 그건 특별한 요건을 필요로 한다. 그건…….

잠깐. 내가 보고 있는 저게 그거 맞나? 설마?

동물원 바깥 어제 그들을 내려놓은 공터에서 스바딜파리는 말이 야생에선 거의 취하지 않는 자세, 그러니까 옆으로 발랑 누운 자세로 누워 있었다. 숙취에 시달리는 주당처럼 머리를 들어 시하와 데르긴을 흘깃 바라본 말은 내가 정말 이러고 살아야 하나 한탄하듯 느릿느릿 일어났다. 데르긴은 불분명한 명령이나 불완전한 지시들이 야기한 유명한 재난들을 떠올리지 않을 수 없었다. 설마 어제 그 남자가 스바딜파리에게 데려다주고 '돌아오라'는 말을 덧붙이지 않은 건가? 그러나 아직 하루도 지나지 않았고 전설적인 말에 탄다는 사실에 흥분하여 제법 집중했던 데르긴은 남자의 말을 정확히 떠올릴 수 있었다. 어제 그 남자는,

시하가 '가려는 곳'까지 데려다주고 오라고 했다.

데르긴은 감탄 섞인 짜증인지 짜증 섞인 감탄

인지 두렷하게 말하기 어려운 것을 느꼈다. 말이건 드래곤이건 하여튼 얼굴 긴 것들은! 어떻게 그렇게들 잘났어? 이제 퀭하고 무기력한 스바딜파리의 모습은 데르긴의 눈엔 거만함의 극치로 보였다. 하지만 시하는 이 행운에 계보학적 접근을 하는 수고를 하지는 않았다. 그녀는 그대로 스바딜파리에 올라탔고 스바딜파리는 자기 팔자에 대한 불평 같은 투레질을 한번 하더니 발을 움직이기 시작했다.

데르긴은 가공할 사실을 맞닥뜨리게 되었다. 어제 스바딜파리는 마지못한 듯이, 도대체 네 문제가 뭐냐고 힐난하듯이 느릿느릿 움직였다는 사실을.

마트의 하늘은 괴이하리만큼 어두웠다. 두껍게 낀 구름의 아랫부분은 불안정한 대기상태를 반영하듯 혼란스럽게 끓고 있었고 날뛰는 바람은 모든 곳에서 흙먼지를 퍼 올려 모든 곳에 집어 던지며 악을 쓰고 있었다. 간혹 회오리의 탑들이 솟아올라 땅과 하늘을 순식간에 이었다가 스스로의 움직임에 찢어지듯 흩어졌다.

하지만 마트 주변에서 펼쳐지고 있는 초현실적인 전투는 그 정신없는 대기의 혼란상을 무색케 하는 것이었다. 간다르바들은 지상 5미터에서 500미터 사이의 하늘 곳곳에서 마트로 쇄도하고 있었다. 결국 2차원에서만 움직이는 보병의 관점에서만 본다면 킬존 구상조차 시작하기 힘든 난해한 공격이긴 했다. 하지만 인류는 그 역사 동안 병기 개발에 게을렀던 적이 없다. 바다에서 전투함들은 온갖 높이에서 날아오는 대함 미사일을 막기 위한 체계를 갖추고 있었고, 땅에서 전차는 보병이 쏘는 것에서부터 전투 헬리콥터가 쏘는 것까지 온갖 궤도의 대전차 미사일을 상대하기 위한 방어 병기를 달고 다녔다. 잠자리도 감탄할 경이적인 움직임을 보여주고 있었지만 간다르바들은 초음속으로 움직이지는 않았으며, 마트의 성벽—그렇게 불러도 될 것이다—에 걸려 있는 것들은 인류가 만들었던 최고의 APS들이었다.

말 그대로 빛의 속도로 센서를 망가뜨려 초고가의 미사일을 눈먼 쇳덩이로 만들던 레이저 요격포들이 간다르바의 센서, 그러니까 눈을 노리고 광속의 화살을 쏘았다. 어느 정도의 지식이 있기에 데르긴은 적외선이나 레이더파가 나오지도 않는 간다르바의 눈을 어떻게 역추적하는지 의아하게 여기진 않았다. '안면 인식 소프트웨어를 색적 소프트웨어에 통합시켰겠지.' 미사일을 고철로 만들 때와 똑같았다. 간다르바의 몸을 동강 내거나 허공에서 불사르는 공상 같은 파괴력은 가능하지도 않거니와 필요하지도 않았다. 레이저 요격포를 맞고 눈이 먼 간다르바들은 허둥지둥 땅에 내려서다가 지면에 충돌하거나, 간신히 착륙한 후에도 성벽에서 총구를 내민 화약 병기들의 손쉬운 먹잇감이 되었다.

눈먼 악사들이 총을 맞는 모습이 데르긴의 비위를 건드렸다. 이미 무력화되었는데 더 이상 쏘지 않아도 되잖냐고 생각하던 데르긴은 믿기 힘든 광경을 보게 되었다. 팔뚝에 총을 맞은 간다르바 하나가 성벽이 어느 쪽에 있는지 알아냈다는 듯이 머리를 홱 돌렸다. 간다르바는 괴성을 지르며 반대편 팔을 휘둘렀고 그러자 작은 수레바퀴 같은 원반이 성벽을 향해 날아갔다. '차크람?' 그냥 차크람이 아니라 여러 요괴와 아수라의 목을 베었던 '그' 차크람과 같은 부류인 듯했다. 그렇지 않고서야 철근콘크리트 구조물이 두부처럼 절단되진 않을 테니까. 성벽 일부분이 마치 가위로 자른 양 예리하게 오려내어졌고 미끄러진 파편 덩이가 땅에 떨어져 굉음과 함께 박살 났다. 아무래도 성벽 뒤편에 있던 인간 몇 명의 몸에도 유사한 일이 일어난 것 같았다. 충격 속에서 다시 성벽을 살핀 데르긴은 인류의 병기로는 만들기 힘든 기하학적인 파괴흔들을 발견했다. 강철도 두 동강 내는 공상 같은 파괴력을 가진 원반에 맞았을 때 생길 법한 자국들이었다.

간다르바의 눈을 빼앗고 땅으로 끌어 내리는 것만으로는 충분치 않았다. 간다르바들은 팔 하나만 남아 있어도 마찰력이 무슨 뜻인지도 모르는 멍청한 만능 절단기를 날려 보낼 수 있었다.

마트가 당장 붕괴되지 않는 건 과거 장갑이 부실한 전투함과 목제 전폭기 등이 누렸던 것과 비슷한 역설적 행운 덕분인 듯했다. 2차 세계대전사만 뒤져봐도 지나치게 강한 포탄이나 총탄이 깔끔하게 관통하는 바람에 오히려 큰 피해를 입지 않았던 병기들에 대한 이야기를 많이 찾아볼 수 있다. 간다르바의 차크람은 초현실적인 위력을 가지고 있지만 그 때문에 성벽에 깔끔한 직선 구멍만 내놓고 소임을 다해버리는 것들도 많았다. 물론 그 궤도에 서 있던 인간의 경우엔 깔끔하게 구멍만 났다고 말할 수 없었지만. 어쨌든 성능이 환상적으로 좋다 보니 오히려 효과가 떨어지는 그 분통 터질 만한 모순 때문에 간다르바들은 성벽에 결정적 타격을 가하지 못하고 있었다.

결국 간다르바의 지휘부라고 할 만한 곳에서 뭔가 신호를 내보낸 듯했다. 전후좌우 상하로 두서없이 움직이지만 전체적으로는 마트를 향하던 간다르바들의 움직임이 갑자기 통일된 방향으로 바뀌었다. 간다르바들은 일제히 마트 반대 방향으로 물러났다. 그리고 그중 상당수는 땅으로 다가서며 짧막한 고함을 질렀다. 그러자 땅에 있던 눈을 다친 간다르바들이 소리의 방향을 가늠하여 위로 날아올랐다. 물론 그러기 위해선 눈을 공격당한 후에도 안전하게 착륙하고 그때까지도 총을 맞지 않았다는 행운이 필요했다. 마트 앞 넓은 주차장과 그 너머의 폐허들 곳곳에 누워 동료의 호소에도 미동도 하지 않는 간다르바의 숫자에 비하면 날아오르는 간다르바의 숫자는 적었다.

승리의 환호는 없었다.

데르긴은 눈을 크게 뜨고 성벽 위를 살폈다. 그가 있는 구릉과 마트는 사람의 용모를 파악할 거리는 아니었지만 행동을 확인하기엔 충분했고 어디를 봐도 환호하거나 주먹을 휘두르는 자가 없었다. 그렇다고 해서 마트 사람들이 부상자를 수습하고 파괴된 구조물들을 처리하느라 여념이 없는 것도 아니었다. 성벽 위의 수비 병력은 제자리를 지킨 채 여전히 교전상태를 유지하고 있었다. 문득 데르긴은 시간의 문제를 떠올리고 방금 그가 본 것이 간다르바의 첫 번째 공격이었을 리 없다는 것을 깨달았다. 세 번째나 어쩌면 열일곱 번째 공격이었을지도 모른다.

네 번째나 어쩌면 열여덟 번째일지도 모를 공격이 바로 이어졌다.

일군의 간다르바들이 물러나는 간다르바들과
교대하듯 나타나 조금 전과 비슷한 공격을 마트
에 가하기 시작했다. 어이가 없었지만 '어리석긴!
3차원 이동이 가능하니 기동 공간이 제한되지도,
공격 정면 같은 것이 따로 있지도 않잖아. 제파식
전술의 어쭙잖은 흉내는 집어치우고 몽땅 한꺼번
에 뛰어들어야지!' 같은 비난은 간다르바의 지성
을 얕잡아 보는 짓일 것이다. 데르긴은 간다르바
들이 왜 저런 행동을 하는지 생각해보았고 바로
그 이유를 깨달았다.

"빌어먹을 소마."

데르긴은 시하를 올려다보며 감탄했다. 구릉의
정상에서 스바딜파리의 고삐를 쥔 채 서 있는 소
녀는 완벽한 화장을 한 얼굴을 완벽한 귀신 얼굴
로 만들어 보이는 재주를 과시하고 있었다.

"어떻게 알았어?"

"저 간다르바들 익숙하지도 않은 농부 생활에
적응하느라 소마를 퍼마시고 있다고 들었어. 소
비가 많아 많이 만들다 보니 솜씨도 좋아졌고."

'노동 피로뿐만 아니라 전투 피로까지 한 잔에

해소하는 물건이 있다는 건가.' 체력과 집중력 등을 순식간에 회복할 반칙 같은 수단이 있다면 복잡한 전술이나 그걸 실행할 수행력 같은 것을 고려할 필요가 없는 저런 방법을 택하는 것이 단순하고 합리적이다. 맷집이 무한대인 격투가가 있다면 힘이나 기술 같은 것이 없어도 상관없는 것과 같은 이치다. 병력을 여럿으로 나누어 각 집단이 교대로 한 번 싸우고 물러나 소마를 마시는 식으로 싸우면 된다. 제파식 전술이나 카라콜레 기동의 이 환상종 판본 앞에서 마트는 얼마나 잘 싸우는지와 관계없이 무한대로 피로를 강요당하게 된다.

따라서 결과를 예상하는 것은 단순했다. 돌아가 소마를 마실 수 없게 되는 간다르바들이 축적되는 속도가 더 빠른지, 마트 사람들이 강요당하는 엄청난 피로가 극한에 도달하는 속도가 더 빠른지…….

"움직여!"

데르긴은 느닷없는 고함에 펄쩍 뛸 만큼 놀랐다. 어느샌가 말 등에 오른 시하가 두 다리를 버둥거리며 스바딜파리에게 달릴 것을 종용하고 있었다. 물론 그런 종용이 필요하다는 말은 스바딜파리가 전혀 움직이지 않는다는 뜻이다. 시하는 스바딜파리의 쥐 파먹은 듯한 갈기를 바투 쥐고 흔들었다.

"이 정신 나간 말이! 그렇게 잘 뛰더니 왜 갑자기! 가자고!"

스바딜파리가 목을 홱 비틀어 시하를 곁눈질했다. 데르긴은 그게 일종의 마임임을 깨닫고 아연해졌다. 말은 머리를 움직이지 않고도 거의 360도를 볼 수 있으니까. 물론 등에 앉은 기수를 보긴 어렵지만 그렇다고 해서 저렇게 많이 비틀 필요도 없다. 시하가 앙칼지게 외쳤다.

"뭐!"

스바딜파리는 머리를 들어 올려 주둥이를 하늘로 향했다. 수직 방향으로도 역시 경이적인 시야각을 가지고 있는 말이 행한 전혀 할 필요가 없는 행동에 따라 데르긴과 시하는 위쪽을 올려다보았다.

구름 전체가 발광했다.

생나무 수십 그루가 동시에 부러지는 듯한 천
둥소리는 거의 시차가 없이 울렸다. 천둥과 번개
에 대해 합당한 두려움을 가지고 있는 데르긴은
급히 사방을 살펴보았고 저편의 하늘이 무너져
내리는 듯한 광경을 보고는 두려움을 느꼈다. 폭
우가 그들을 향해 달음박질치고 있었다.

키가 작은 요정에겐 좀 거센 비도 상당한 위협
이다. 작은 물줄기도 급류가 될 수 있으니까. 폭
우는 말할 것도 없다. 데르긴은 죽는 소리를 냈고
아래를 내려다본 시하는 곧 상황을 깨닫고는 말
에서 내려와 데르긴을 집어 들었다. 그녀가 다시
말 등에 오르자마자 빗방울이 그들을 후려치기
시작했다. 시하는 스바딜파리의 목을 내려다보며
신음했다.

"비가 오면 데르긴이 위험하니까 일단 집어 들
라고? 그거였어?"

스바딜파리 대신 다른 곳에서 대답이 들려왔
다.

간다르바들이 함성을 질렀다. 빗소리와 연속적
인 천둥소리에 많이 지워졌지만 데르긴은 '드디

어!'나 '됐다, 왔다!' 같은 간다르바의 외침을 알 아들을 수 있었다. 멍하니 '비가 오면 레이저의 성능이 떨어질 테니까 그러나' 같은 생각을 하던 데르긴은 스바딜파리가 보란 듯이 머리를 한쪽 방향으로 고정시키고 있는 것을 발견하곤 뭔가 자존심이 좀 상하는 듯한 기분을 억누르며 그쪽 을 살펴보았다.

폐허들 사이에서 뭔가가 꾸물꾸물 움직이고 있 었다. 자욱이 피어오르기 시작한 물안개 때문에 알아보긴 쉽지 않았지만 데르긴은 두 발로 걷는, 표준적인 인간 성인보다는 작은 존재라고 판단했 다. 데르긴은 어렵잖게 어떤 이름을 떠올릴 수 있 었다. 요정의 예측대로였다. 물보라를 철퍽철퍽 일으키며 마트를 향해 진군하고 있는 것은 수천 명의 캇파들이었다.

스바딜파리가 느닷없이 움직이는 바람에 데르 긴은 캇파들의 마오리 의상 재현도에 대해 한마 디 하는 것에 실패했다.

헨리동물원에서 마트 외곽의 구릉에 도착할 때

와 똑같았다. 데르긴은 스바딜파리가 어떻게 움직이는 건지 전혀 알 수 없었다.

물론 달리는 기차 안에서 터널 벽에 있는 뭔가를 알아보긴 어렵다. 하지만 아무리 빠른 이동 수단에 타고 있다 해도 먼 곳의 풍경이 흐려지는 일은 없다. 과거 비행기 승객도 지상의 모습은 느긋하게 관찰할 수 있었고 지구 탈출 속도로 움직이는 우주선에 타고 있다 해도 별자리들이 흐려지진 않는다. 그런데 스바딜파리가 움직이는 동안엔 가까운 곳과 먼 곳의 구분이 없이 모든 것이 뒤섞여 흐려졌다. 마법에 대한 데르긴의 지식으로는 탑승자의 목을 부러뜨릴 수도 있는 공기 저항을 완화하는 스바딜파리의 어떤 힘 때문에 그런 일이 발생하는 것 같다는 것까지만 짐작할 수 있었다. 어쨌든 데르긴이 정확하게 말할 수 있는 건 조금 전 그들이 마트와 그 주변을 전체적으로 조망할 수 있는 구릉 위에 있었는데 재채기 한 번 할 시간이 지나자 어딘가의 복도에 있다는 사실뿐이었다. 몸에 관성이 남아 있지 않아 어느 방향으로 움직인 건지, 심지어 높이가 어떤지도 알 수 없었다.

"여기가 어디⋯⋯." 대답을 들을 수 없다는 것을 깨달은 시하는 질문을 삼키고 말에서 내려섰다. 뭔가 주목할 것이 없나 주변을 살피던 시하는 한쪽 벽에 있는 나무 사다리에서 시선을 멈췄다. 그녀는 자신 없게 그것을 가리켰고 어느샌가 네 다리를 접고 복도 바닥에 앉은 스바딜파리는 귀찮은 듯 머리를 한 번 끄덕였다. 완공되고 한참 후에 덧붙인 듯한 사다리는 원래 설계에는 분명히 없었을 천장의 구멍으로 이어지고 있었고 구멍을 통해서는 빗소리가 들려오고 있었다. 시하는 데르긴을 어깨에 얹고는 사다리를 올랐다. 그러자 폭우 때문에 훨씬 짙어진 화약 냄새가 풍겨왔다.

사다리 위쪽은 일종의 소형 벙커였다.

아마도 원래 장갑차량의 차체 일부였던 것을 뼈대로 삼고 그 바깥에 시멘트 같은 것을 바른 듯한 급조 구조물이었다. 앞 유리가 있었을 부분에는 중기관총이 거치되어 있었고 그 뒤편의 좌석엔 사수가 앉아 기관총에 두 손을 얹고 그 위에 턱을 얹은, 그다지 전투 중인 전투원답지는 않은 자세로 바깥을 바라보고 있었다. 사수는 뒤도 돌아보지 않은 채 지친 어조로 말했다.

"밥인가요? 고맙습니다."

목이 잔뜩 멘 시하는 말을 꺼내는 것에 실패하고 말았다. 그런데 사수가 뭔가에 놀란 듯 허리를 폈다. 데르긴은 사수가 뒤를 채 돌아보기도 전에 말했다는 사실에 깊은 인상을 받았다. "시하?"

칸타의 얼굴을 직시하게 된 후에야 시하는 겨우 말을 할 수 있게 되었다.

"로드, 칸타."

반사적으로 미소를 짓던 칸타는 시하의 말에 눈을 크게 떴다. 그는 잠시 머뭇거리다가 옆 좌석에 흩어져 있던 탄피와 탄통 등을 치우고 시하에게 앉으라는 시늉을 했다. 협소한 내부 공간 때문에 사다리와 벙커에 걸친 어정쩡한 자세였던 시하는 그 제안을 받아들였다. 시하가 자리를 잡자 칸타는 자신의 임무를 떠올린 듯 바깥을 보며 말했다.

"로드는 없어, 시하. 그 세이브는 과거 크게 히트 친 어느 게임의 내레이션인지 대사인지에서 비롯된 작별 인사야. 정확한 문구는 나도 모르지만 대강 '당신이 나와 이 세계를 떠나도 이 세계와 나는 당신이 기억하는 모습 그대로 언제까지나 당신을 기다릴 것이다'라는 내용이었다고 알아. 원래 의미를 담아 유행하다가, 원래 의미는 어느샌가 옅어지고 그냥 화석화된 인사말이 된 거지."

데르긴은 '신이 함께하기를'과 비슷한 과정을 밟았나 보다고 생각했다. 기관총 너머로 보이는 지평선의 높이로 보건대 그들은 마트에서 가장 높은 지대에 있는 듯했다. 각도가 완벽하다고는 할 수 없었지만 시야 왼쪽에서 다가오는 마오리 전사 차림의 캇파들과 오른쪽에서 점점 늘어나는 간다르바들의 모습은 확인할 수 있었다. 그리고 마트의 요격이 멈췄다는 사실은 총성의 부재를 통해 확실히 알 수 있었다.

"나도 알아. 의미가 조금 더 깊었어. 사람들끼리 쓸 때는 '세상을 살다 보면 싫어도 나는 분명

달라지겠지만, 훗날 너와 재회하면 지금으로 돌아올 수 있을 것이다. 너는 지금부터 앞으로 영원히 내 아름다운 과거가 될 테니까'라는 의미가 들어 있었지."

칸타의 옆얼굴이 부드러운 미소를 지었다.

"로드했습니다. 아직 24시간도 지나지 않았으니 그렇게 바뀌진 않았을 거야." 칸타의 표정이 탓하는 것으로 바뀌었다. "위험한데 여긴 왜 올라왔어. 퀸의 거처로 돌아가. 아니, 지금이라면 밖으로 나가서 헨리동물원 거주자라고 말하면 괜찮을 것 같기도 한데……."

칸타의 말에 데르긴은 그가 어떤 오해를 하고 있는지 알게 되었다. 시하가 말했다.

"나 어젯밤 동물원으로 돌아갔다가 방금 다시 온 거야."

"응?"

"스바딜파리를 타고 갔다가 왔어."

"잠깐만. 저것들이 해 뜨자마자 들이닥쳐서 못 떠났던 것이…… 그게 아냐? 갔다가 왔다고? 스바딜파리를 타고?" 칸타는 눈을 옆으로 굴리며 덧붙였다. "왜?"

"어젯밤 간다르바들이 동물원에 나타나서 곧 마트가 전쟁터가 될 테니 접근하지 말라고 경고했어." 그 지점에서 시하의 인내력이 다했다. "넌 하루 일찍 출발한 거야! 어젯밤 거기 있었으면 너도 경고를 들었을 거야. 그러면 출발을 재고했을 수도 있었어! 저 콘크리트도 무시하고 날아다니는 원반이 바닥에서 치솟을지 벽을 뚫고 날아올지 무서워하며 여기 앉아 있지 않을 수 있었다고!"

시하의 말을 듣고서야 데르긴은 자신의 위치가 얼마나 위험한지 깨달았다. 장애물을 무시하는 차크람을 고려한다면 주변의 벙커나 발아래 있는 마트의 거대한 구조물들은 무의미하다. 그들은 알몸으로 허공에 떠 있는 것이나 다름없다.

"그렇게 생각할 수도 있겠군."

"경고를 했다고! 동물원으로 직접 찾아와서! 이건 너무 억울하잖아. 하루만 더 거기 있었다면 언제 전투가 시작되는지 알 수 있었어. 그랬다면 일부러 여기 왔겠어? 오쇠를 일으켜 곧 죽게 될 간다르바들과 곧 영웅을 잃고 지리멸렬해질 영웅 숭배자들이 서로를 죽여대는 이 한심한 짓거리에 참여했겠냐고?"

"그건 아닌 것 같은데."

"칸타." 시하가 헐떡이며 반복했다. "칸타, 넌 여기 잘못 온 거야. 지금 당장 떠나야 해."

"그건 아니지."

"칸타!"

"화장 예쁘게 됐네. 퀸이 한 거야? 오늘 아침에, 아니, 어제 떠났다고 했지. 그러면 어제저녁에—"

"제발, 칸타! 개죽음을 당할 이유가 하나도 없잖아!"

"내가 지금 간다르바와의 친선 도모를 위한 파티에 참석 중이라서 언제든 내키면 떠날 수 있는 것도 아니고, 어떻게 떠나라고? 지금 밖으로 나가면 저것들이 날 세워둔 채 해부할 텐데."

"이 아래에 스바딜파리가 있어. 전력으로 달리면 주변이 하나도 안 보여. 틀림없이 주변에서도 스바딜파리나 그 위에 탄 사람을 못 볼 거야."

"그래? 잘됐네. 네가 안전하게 떠날 방법이 있

구나."

"너도 가는 거야."

"시하, 나는……."

말꼬리를 흐린 칸타가 상체를 기관총 너머로 조금 내밀었다.

칸타를 따라 바깥을 살펴본 데르긴은 처음에 땅이 움직이고 있다고 생각했다. 주변의 폐허나 아스팔트 도로의 파편 등은 전혀 움직이고 있지 않았지만 그의 시각은 실제 보이는 것을 무시하듯 땅이 흐르고 있다고 주장하고 있었다. 정신을 차려 다시 살펴본 데르긴은 말이 되는 설명을 찾아냈다. 땅이 아니라 물이 흐르고 있었다. 이 주변의 우수 처리시설은 그 원형이나 남아 있을지 의심스러운 상태일 테니 이렇게 비가 오는 상황에서 지면에 물이 흐르는 광경이 그렇게 괴상할 건 없다. 그 어처구니없는 움직임만 아니라면.

빗물은 지면의 경사를 따라 흐르지 한곳에서 뱅글뱅글 돌지는 않는다. 바닥에 난 구멍으로 물이 거세게 빨려드는 경우라면 회전 같은 것이 생길 수도 있지만 그런 경우가 아니라면 지금 데르긴이 보고 있는 것과 같은 흐름은 생길 수 없다. 회전운동을 하려면 어느 순간에는 경사를 거슬러 움직여야 되니까. 하지만 물이 그런 움직임을 보이는 경우가 절대 없느냐 하면, 그렇지는 않다.

마트 주변 곳곳에 크고 작은 소용돌이들이 발생하고 있었다. 바다도 아닌데.

간다르바들은 어느샌가 마트에서 멀찌감치 있었다. 허공에 점점이 흩어져 있어 규칙성은 없었지만 그 모습이 관람석을 연상시키는 바가 있었다. 칸타가 다급한 목소리로 말했다.

"캇파들이 물로 무슨 짓을 하려나 본데. 시하, 빨리 내려가. 스바딜파리를 타고 떠나."

"넌?"

대답하는 대신 칸타는 바닥에 내려놓은 스위치를 탕 밟아 기관총 제어용 서브암을 재부팅했다. 철커덕거리는 기계음과 함께 서브암이 조준 정렬을 시작하자 기관총 디스플레이에 사격 구간 조절용 표시자가 떠올랐다. 디스플레이로 향하는 칸타의 팔을 시하가 붙잡았다.

"넌 죽으면 안 돼, 칸타."

"죽어도 되는 사람은 없잖아."

"다 죽어도 돼, 다."

"시하."

"전부 다! 자기들도 다 겪어보고 살아본 이런 세상에 애들을 싸지르는 이 마트의 괴물들도! 우리 부모라는 연놈도! 퀸도, 나도! 죽을 때가 됐는데 죽지도 않은 채 환각이나 보고 있는 인류 모두!"

시하의 완벽한 화장 위로 눈물이 주르륵 흘러내렸다. 그러자 화장품의 하모나이징 기능은 즉시 눈물에 보정을 가했다. 시하는 찬란한 눈물을 흘리며 속삭였다.

"너만 빼고."

점점 회전속도를 높이던 소용돌이들이 하나둘씩 위로 솟아올랐다. 데르긴은 기막힌 한숨 소리를 냈다. 용오름이었다. 땅과 하늘을 이은 채 웅웅거리는 용오름들은 거대한 체인소의 숲이 솟아오른 듯한 기막힌 풍경을 만들어냈다. 용오름의 파괴력을 생각한다면 그리 틀린 비유도 아니다. 데르긴은 앞뒤가 맞아떨어지는 것 같다고 느꼈고, 그래서 불안해졌다. 차크람 투척으로 곳곳에 얇지만 깊숙한 침해를 받은 마트의 구조물을 저 용오름들이 덮친다면?

"시하, 난 널 좋아해."

급히 고개를 돌리느라 데르긴은 목에 짜릿한 통증을 느꼈다. 시하는 갈급한 시선으로 칸타를 응시했지만 칸타는 여전히 바깥을 주목한 채 말했다.

"그래서 너도 날 좋아했으면 좋겠어."

"칸타?"

"네가 낳지 않은 네 아이가 되지는 않아. 그건 싫어. 네가 항상 날 좋아해줬으면 싶거든."

시하가 무너졌다.

동시에 시하의 손이 빠르게 움직였다.

민첩한 동작이었지만, 그리고 지금도 밖에선 혼이 빠져나갈 것 같은 광경이 이어지고 있었지 만, 바로 이 순간을 보기 위해 이 위험한 곳으로의 동행을 요청했던 데르긴은 놓치지 않았다. 데르긴은 시하가 사랑의 묘약을 꺼내는 것을, 손가락 사이에 끼우는 것을, 입을 틀어막는 제스처를 하며 위아랫니로 사랑의 묘약을 살짝 무는 것을 모두 자신이 한 행동인 양 파악했다. 심장이 흥분으로 쿵쾅거렸지만 데르긴은 아무것도 모른다는 표정을 지은 채 그 순간을 만끽했다. 그래, 해 버려! 자기가 느낀 고마움을 표현하는 데만 관심이 있고 약취, 유인을 당하는 선녀에겐 아무 관심도 주지 않는 그 사슴의 마음, 언필칭 '착한' 젊은 이에게 상으로 주어지는 공주의 애정관이나 삶에 대한 태도, 성적 지향엔 무관심한 그 순수한 요정심으로 데르긴은 소리 없이 열렬히 시하를 응원했다. 그 와중에 인류가 멸망해도 상관없다. 그러면 지금은, 살아 있나? 환각을 보고 있으면서? 죽은 거나 진배없잖아. 게다가 자살이었지?

시하가 머리를 들어 올렸다. 그녀는 칸타의 머리를 붙잡아 자신을 돌아보게 했다. 놀란 칸타의 얼굴을 향해 시하의 얼굴이 빠르게 다가갔다. 데르긴은 박수를 치고 싶었다. 좋아! 흠잡을 데 없는 처방, 처치야! 항진된 집중력과 흥분 탓에 데르긴의 시간이 느리게 움직였다. 시하의 입술이 나아가는 속도가 그에겐 답답할 만큼 느리게 느꺼졌다. 그러나 그 빛나는 순간은 곧…….

이제 곧…….

왜 안 움직이는 거지?

데르긴은 어리둥절하여 자신의 손을 내려다보다가 바깥을 살폈다. 그리고 알 수 없는 이유로 갑자기 시간이 멈춘 건 아니라는 것을 확인했다. 폭우는 여전히 쏟아지고 있었고 용오름은 여전히 기세등등하게 회전하고 있었다. 그런데 칸타의 두 뺨을 감싸 쥔 시하와 당황했지만 겁을 먹지는 않은 칸타만이 움직이지 않았다. 그때 데르긴은 칸타의 눈꺼풀이 살짝 떨리는 것을 보았다. 눈을 감지 않으려고 애쓰는 동작. 왜 갑자기 이래야 하는지는 알지 못했지만 수도 없이 했던 일이라 반사적으로 칸타는 자신의 눈동자를 시하에게 제공하고 있었다.

데르긴이 턱을 떨어뜨렸다. '뭐라고?'

용오름들이 움직이기 시작했다.

천둥을 무색케 하는 무시무시한 비명에 시하와 칸타, 그리고 데르긴은 모두 밖을 돌아보았다. 용오름들은 머리를 꼿꼿이 세운 터무니없이 거대한 뱀처럼 땅을 미끄러지며 달리고 있었고 그 목적지는 허공에 뜬 간다르바였다. 칸타가 당혹하여 말했다. "잠깐만. 저게 뭐야……." 극심한 당혹감에 굳어 있던 간다르바 몇 명이 용오름에 휘말려 나가떨어진 후에야 간다르바들은 급히 회피를 시작했다. 하지만 용오름의 불규칙한 움직임은 그 진로를 예상하기가 극히 어렵고 속도도 대단했다. 적극적인 회피가 정면충돌이 되는 안쓰러운 상황이 곳곳에서 일어났다.

그때 마트 전체에서 쩌렁쩌렁한 확성기 음성이 울려 퍼졌다.

"여, 잘 들리나? 나 퀸이다. 죽이면 살해가 아니라 시해가 되는 몸이시다."

데르긴은 자기 감상을 정리하기도 싫어졌다. 칸타는 허탈한 듯 빙긋 웃었고 시하는 입을 벌린 채 퀸이 어디 있는지 찾고 싶다는 듯 머리를 이리저리 움직였다.

"간다르바 제군, 이걸 유식한 말로 뭐라 하는지는 잘 기억나지 않는데, 너희는 통수를 맞았다.

반복한다. 너희는 통수를 맞았다."

흔들리던 시하의 시선이 칸타를 향했지만 칸타는 자기도 모르겠다는 듯이 어깨를 움츠렸다. 두 인간과 요정은 하릴없이 퀸의 낭랑한 목소리에 귀를 기울였다.

"그런데 이걸 통수라고 하기도 좀 그렇다, 야. 보고 싶은 것만 보는 것도 정도가 있지. 너무하잖아. 캇파가 너희들 편을 왜 드냐? 캇파 입장에서 생각해봐. '어디 보자. 간다르바들은 어차피 다 죽을 테고 공짜 수질정화는 아쉽지만 중지네. 간다르바가 사라진 후 계곡을 우리가 차지할까? 그건 아무래도 아니지. 물 풍부한 하류에선 맞설 수 있다 해도 그런 좁아터진 계곡물을 타고 앉아 마트의 표독한 인간 놈들과 싸운다? 어이쿠. 차라리 마트 놈들한테 빚이나 만들어두는 게 낫겠군. 어떻게 하면 좋을까. 그런데, 얼래? 이 간다르바들이 우리한테 동맹을 요청하네? 바본가? 아니면 소마를 너무 많이 마신 건가? 잘됐네. 어이, 한가한 캇파 있으면 퀸한테 연락 좀 해봐라.' 그런 생각을 못 해? 너희들 망가져도 너무 망가졌다."

데르긴은 퀸이 그냥 성격을 드러내는 것이라고는 생각할 수 없었다. 굳이 품위 없게 행동하며 도발하는 이유가 뭘까. 칸타가 바로 해답을 내놓았다. "여기서 확실하게 다 죽일 작정이야. 패잔병이 돌아가서 좌절감에 계곡을 망가뜨릴까봐." 고개를 끄덕이려던 데르긴은 곧 이어진 시하의 말에 멈칫했다. "역시 종이 달라. 생물학적인 의미가 아니라. 간다르바는 계곡을 망가뜨리지 않아. 자기 것이 아니라 압사라 것이니까."

누구의 예측이 정확할진 아직 알 수 없었지만 상황은 퀸이 유도하는 대로 흘러가는 듯했다. 천둥과 폭우, 용오름들이 일으키는 소음으로도 덮을 수 없는 분노의 고함 소리가 들려왔다. 간다르바들은 저러다 사지가 공중분해되지 않을까 싶은 끔찍한 기동을 통해 용오름의 추적을 따돌리며 마트로 돌격했다.

하늘에서 지금도 계속되는 천둥에 그리 뒤지지 않는 고함이 마트 전체에 울렸다.

"그래! 와! 내 사람들을 죽여서 나무에 꽂은 거 어떤 새끼들이냐? 하늘비늘? 너냐? 너지! 거기서 기다려!"

절로 귀를 막을 수밖에 없는 굉장한 소음이 뒤를 이었다. 정신이 없는 와중에도 데르긴은 퀸이 마이크를 패대기쳤다는 것은 짐작할 수 있었다. 그리고 즉시 날개옷을 두 가닥 꼬리처럼 뒤로 늘어뜨린 채 비 오는 하늘을 가로지르는 퀸의 모습이 보였다. 호기 있는 모습이었지만 마트에서 하늘을 날 수 있는 건 그녀뿐인 듯 뒤를 따르는 이는 아무도 없어 대단히 위험해 보였다. 그녀를 본 간다르바들은 분노한 들소 떼가 떠오르는 모습으로 퀸에게 쇄도했는데, 역시 분노는 절절하게 느낄 수 있었지만 궤도가 고정되는 바람에 용오름의 집중적인 요격을 맞게 되었다. 양자 모두 감정에 휘둘린 채 자포자기식으로 충돌하는 건가 싶은 순간 퀸이 스플릿 에스 턴 같은 움직임을 보이며 급하강하는 동시에 사방으로 섬광탄을 던졌다. 데르긴은 퀸이 전투기 조종사용 헬멧을 쓴다는 걸 떠올렸다. 거기엔 일광 차단 기능이 있는 바이저가 달려 있다. 간다르바의 차단막은 두 눈꺼풀밖에 없다.

간다르바들은 두 손으로 얼굴을 가리며 절망에 찬 비명을 질렀고 퀸은 간다르바들 사이를 이리저리 누비며 빠르게 상승했다. 가장 위쪽에 있어 점으로 보이는 간다르바가 그녀의 목표인 듯했다. 우지지직— 딱! 벽력에 새하얗게 불탄 하늘에서 두 점이 포개졌다.

데르긴을 어깨에 얹은 시하가 사람들 사이를 파고들었다. 사람들은 시하의 좀 무례한 밀쳐냄을 무시했지만 그 뒤를 따르는 칸타가 요청하자 길을 터주었다. 그들의 몸짓이나 짤막한 몇 마디 말에서 기록자는 제대로 보게 해주어야 한다는 의도가 느껴졌다. 퀸은, 급히 달려왔지만 더 이상 감히 접근하지는 못한 사람들이 만들어낸 무의식적 원의 중앙에 우두커니 서서 아래를 내려다보고 있었다.

그녀의 발치에 누워 있는 하늘비늘의 모습은 묘하게 단정했고 피와 빗물에 흠뻑 젖은 검은 코트 또한 정돈된 듯한 모습을 하고 있었다. 이마에는 텐갤런까지 비스듬하게 얹혀 있어 빗물이 얼굴로 바로 떨어지는 것을 어느 정도 막고 있었다. 사람들이 도착하기 전 퀸이 손을 댄 것일까. 시하의 어깨에 앉은 데르긴은 그런 의심을 해보았다. 그러면 왜 가슴에 꽂혀 있는 단검은 뽑지 않은 것일까. 지금 뽑으면 즉사할지 모르니까 그런 것일까.

퀸의 배려가 무색하게 상처에서 계속 피를 흘리고 있었지만 하늘비늘은 아직 죽지 않은 상태였다. 그런 자상을 입으면 근육수축으로 어느 정도 지혈이 이루어지게 마련이지만 쏟아지는 비 때문에 단검이 꽂힌 하늘비늘의 가슴에선 계속 피가 스며 나오고 있었다.

퀸이 머리카락을 뒤로 쓸어 넘기고는 두 손으로 얼굴의 빗물을 훔쳐냈다. 뭔가 욕설 같지만 뚜렷하게 알아들을 순 없는 소리를 내뱉은 퀸이 한쪽 무릎을 꿇었다. 그녀는 단검을 향해 손을 뻗다가 하늘비늘의 얼굴을 보았다.

"선입견 같지만, 혹시 힙 플라스크 같은 것도 가지고 다니나?"

하늘비늘은 힘없이 퀸을 보더니 눈을 다시 움

직였다. 그 눈동자 방향에 따라 하늘비늘의 코트 주머니를 뒤져본 퀸은 플라스크 하나를 꺼내고는 어깨를 으쓱였다. 마개를 열고 냄새를 맡아본 퀸이 말했다.

"소마? 마시면 벌떡 일어나는 건 아니겠지."

"그럴지도."

"흥."

퀸은 하늘비늘의 상체를 세워 부축하고는 그 손에 플라스크를 쥐여주었다. 손을 꽤 심하게 떨었지만 하늘비늘은 입안에 소마를 머금는 데 성공했다. 가슴에 꽂힌 칼 때문에 삼키는 것이 어려운 듯 잠시 그렇게 있던 하늘비늘은 소마 기운이 약간 퍼진 후에야 용케 그걸 삼켰다. 하늘비늘은 좀 안정된 손놀림으로 플라스크의 마개를 닫았다.

"내가 조금 먼저 죽는 것뿐이다, 인류."

"아, 네."

"그러니 잠깐 동안이겠지만, 가져라."

하늘비늘이 플라스크를 퀸에게 건넸다. 퀸은 피식 웃으며 그걸 받아 들었다. 그런데 하늘비늘이 플라스크를 놓지 않았다. 잠깐 동안 어색한 시간을 보낸 퀸이 미심쩍어하며 하늘비늘의 얼굴을 살폈다. 하늘비늘은 엄청난 충격을 받은 표정을 하고 있었다.

간다르바가 믿을 수 없어 하는 투로 말했다.

"압사라?"

"어, 그걸로 취했······?"

뭔가 이상한 것을 느낀 퀸이 주변 사람들을 살폈다. 사람들의 시선이 모두 한 방향을 향하고 있다는 것을 확인한 퀸이 급히 뒤를 돌아보았다.

퀸의 뒤편에 천녀가 서 있었다.

몸통 아래엔 두 다리가 있었고 좌우엔 두 팔이 달려 있었고 위에는 머리가 있었다. 그렇게 말한다면 인간과 다를 바가 없었지만, 그녀에 비하면 보통 인간의 용모란 비상구 표시의 인간 모습 정도라고 할 수 있을 것이다. 퀸을 비롯하여 그녀를 본 모든 이들은 느닷없이 사람의 눈 코 입이 얼굴의 어느 위치에 달려 있어야 하는지에 대한 확고한 견해를 가지게 되었다. 아우라니 할로니 날개니 하는 것 없이 그냥 미모만으로 천녀임을 넉넉

하게 주장하고 있는 여인은 무표정한 얼굴로 퀸을 향해 손을 흔들었다. '비켜.'

퀸은 자신의 존재에 대한 민망함이라는 당혹스러운 감정에 시달리며 하늘비늘을 내려놓고 플라스크를 두 손으로 쥐고 물러났다. 천녀는 몸을 낮추더니 조금 전 퀸이 그러했던 것처럼 한쪽 무릎과 팔로 하늘비늘의 상체를 부축했다. 비스듬히 앉은 모습이 된 하늘비늘이 천녀의 얼굴을 향해 손을 들어 올리며 말했다.

"압사라."

하늘비늘을 가만히 내려다보던 여인이 미소를 지으며 하늘비늘의 손에 뺨을 얹었다. 군중의 상당수가 호흡곤란과 빈맥을 느꼈고 또 다른 상당수는 다리가 풀려 주저앉았다. 하늘비늘의 얼굴이 환하게 변했다.

"내려와 춤출 풍경이라니. 터무니없는 오해였군. 가장 절실히 필요로 할 때…… 자애로운 그대는……."

간다르바가 고개를 떨구었다.

조금 후 천녀는 간다르바의 어깨와 오금을 두

팔로 받쳐 천천히 들어 올렸다. 하늘비늘의 체구는 거대했지만 여인이 갑자기 더 커진 것처럼 간다르바를 받쳐 든 그녀의 모습은 어색하지가 않았다. 그녀가 몸을 돌리려 할 때 퀸이 어정쩡하게 손을 들어 올렸다.

그녀의 아름다움에 봉사하지 않는 모든 학문을 사이비로 만드는 여인이 말해보라는 듯이 바라보았다. 퀸이 머쓱하게 웃으며 말했다.

"별것 아닐지 모르지만 정말 궁금해서 묻는 건데, 그 친구가 가는 발할라는 힌두풍과 노르딕풍 중 어느 쪽이지, 발키리?"

오버올 작업복에 도구 벨트를 차고 안전모를 쓴 발키리는 머리를 약간 기울인 채 퀸을 바라보다가 나직하게 말했다.

"전사로서 살해당하면 너도 확인할 수 있을 것이다."

"그럼 안 되겠네. 이 몸은 살해를 못 당해."

"두고 보지."

내용상 위협 같지만 전혀 위협적으로 들리지는 않는 말을 남겨놓고 천녀가 몸을 돌렸다. 다음 순간 천녀와 천궁 악사의 모습은 사라졌다.

천녀가 사라진 직후부터 모든 목격자들은 그 모습을 잊으려 애썼다. 그렇지 않고선 앞으로의 인생에서 그 무엇도 기대할 수 없을 것 같은 모호한 불안감을 느꼈기 때문이다. 하지만 시하와 데르긴 사이에선 이야기가 약간 더 진행되었는데, 발키리의 복장에 대해 말하던 시하의 이야기가 데르긴의 복장에 대한, 어쩐지 불평처럼 들리는 것으로 이어졌기 때문이다. 데르긴은 이해할 수 없었다.

"원래 한국이었던 땅에 드래곤이나 간다르바, 발키리 같은 것들이 돌아다니는 건 괜찮고 그 환상종들의 옷차림은 시빗거리야? 본디지 패션이 뭐가 어때서."

"뭐가 어떻다는 것이 아니라…… 관두지. 하긴 네 말대로 이렇게 뒤죽박죽인데 복식이 뒤죽박죽인 건 이야깃거리도 아니지."

"나름 자신감의 원천이라고. 착용자를 구속, 속박한다는 본디지의 의미와 착용자의 편의를 우선 시해야 하는 의복의 기능성 사이에서 훌륭하게 절충점을 찾아냈다고 자부해. 예를 들어 여기 이쪽을 봐. 이 띠 부분은 원래—."

"내가 잘못했어. 미안해."

"미안한 거 있다면 내 질문에 순순히 대답해. 도대체 무슨 짓을 한 거야? 그걸 왜 네가 먹어?"

데르긴은 보란 듯이 가죽끈에 엄지손가락을 걸고 가슴을 내밀었다. 시하는 한 손으로 입을 가린 채 생각에 잠겼다. 조금 후 그녀는 손바닥을 내밀었다. 다른 의미로 해석할 수 없었기에 데르긴이 그 위에 올라앉자 시하는 접시를 나르는 것처럼 요정을 받쳐 든 채 걸어갔다.

칸타는 아직도 상황을 정확히 파악할 순 없지만 설명이나 대답을 강요할 마음은 없다는 듯한, 대답하는 것이 네 즐거움이 될 때까지 기다리겠다는 듯한 차분한 표정을 지은 채 가만히 그녀를 바라보고 있었다. 시하는 당연히 스바딜파리가 아니었고 데르긴은 시하의 발걸음이 중간에 몇 번 빨라지려 하는 것을 똑똑히 느낄 수 있었다. 하지만 시하는 자신을 억제하며 끝까지 보통 속

도로 걸어가 칸타 앞에 섰다. 그러곤 데르긴에게
어쩐지 배신감처럼 느껴지는 것을 선사했다. "무
거워." 칸타의 어깨에 데르긴을 올려놓은 시하는
한 손을 가슴에 얹고 두어 번 헛기침을 했다.

"칸타."

"응?"

스스로 사랑의 묘약을 삼킨 소녀가 말했다.

"난 너를 사랑하는 나를 사랑해."

칸타의 어깨에 앉아 시하의 얼굴을 바라보던
데르긴은 손을 들어 이마를 짚었다.

잠깐만! 어디 보자, 그러면 어떻게 되는 거지?

……기대해도 되나?

작품해설

환상으로 질문하기
—이영도, 『시하와 칸타의 장—마트 이야기』

이융희

한국 근대 환상의 역사

한국 문학의 역사에서 이영도 작가의 등장은
여러모로 독특한 사건이었다. 인쇄 매체를 중심
으로 구성된 문예지 형태의 문학장은 작가의 생
멸을 함께하는 작가 관리의 수단이자 보호구역이
었다. 이는 격동의 근현대 한국의 실정과 무관하
지 않다. 일제강점기 때부터 문학은 꾸준히 문학
이 할 수 있는 일이 무엇인지, 문학다움이 무엇이
고 문학의 가치가 무엇인지 고민을 이어왔다. 작
가들은 탈식민지 국가들의 과제였던 민족 정체성

형성과 산업화 시대에서 따라오는 격통으로서의 사회 비판과 고발, 참여 속에서 고민하였다. 어느 쪽의 선택도 자본과는 거리가 있었으며, 문학은 자본주의 사회에서 탈자본화하여 예술적 지위를 공고히 하는 것으로 문화영역의 헤게모니를 확고히 했다. 예술이라는 지위를 부여하기 위해 등단이라는 제도를 탄탄히 지켜나가며 글을 게재할 수 있는 지면을 유지한다. 발표된 글은 비평의 대상으로서 가치화되며 시대를 떠나 손쉽게 재맥락화된다. 이것이 문학장이라는 생태계이다.

그러한 문학에게 환상성은 문학장 외부를 향하는 나이브한 도피였다. 동양 문화권에서 환상은 기奇, 이異, 괴怪라 하여 현실과 공존하는 전통이었으나 일제강점기 이후 유희의 대상이자 타파해야 할 음사로 전락하였으며 이후 근현대 내내 환상은 도피와 사치, 부르주아적, 반사회적이라는 부정적 평가를 벗어나지 못한 채 주변부 문학으로 소외되었다.[1) 그나마 '환상'이 계보를 이을 수

1) 최기숙, 『환상』, 연세대학교 출판부, 2003, 49~59쪽.

있었던 것은 대본소 시장의 무협지나 만화책, 그리고 TV 프로그램 '전설의 고향' 정도밖에 없었다. 사회참여에서 배제된 어린아이들의 유흥거리 또는 한국의 민담과 전설을 수집해 대중에게 소개한다는 민족주의 이데올로기하에서만 환상이 용인된 것이었다.

리얼리즘의 안티로서 환상성, 그리고 '판타지'의 등장은 90년대, 이우혁 작가의 『퇴마록』과 양귀자의 『천년의 사랑』, 그리고 이영도 작가의 『드래곤 라자』로 말미암아 시작된다. 최기숙은 동서양의 환상성 담론을 정리한 책 『환상』에서 이영도 작가의 작품을 정체불명의 대상으로 정의한다. 퇴마를 기초로 진행되는 기담 형태의 『퇴마록』이나 불교의 윤회사상을 바탕으로 낭만적 환상을 구현한 『천년의 사랑』과 달리 '국적, 시대, 정체불명의 배경과 인물들이 등장'하는 『드래곤 라자』는 괴이해 보였으리라.[2] 그러나 시간이 지나고 한국에서 '장르'의 형식으로 문법을 구축한

2) 최기숙, 위의 책, 60쪽.

것은 바로 그 괴이하고 불가해한 『드래곤 라자』였다. 사회를 직면하고 문제를 문제시하는 것에 지쳐 있던 젊은이들에게는 낯설고 기괴한 환상의 재현이 더욱 매력적으로 다가왔던 탓일 것이다.

　이영도 작가는 환상을 더욱 환상스럽게 구현할 줄 아는 작가이다. 『드래곤 라자』부터 『퓨처 워커』 『폴라리스 랩소디』를 비롯해 『눈물을 마시는 새』나 『피를 마시는 새』 등은 작가의 머릿속에서 창작된 환상적 세계관을 마치 역사서를 읽는 것처럼 역사화한다. 톨킨은 좋은 판타지 소설이란 현실 세계의 질서와는 유리된 2차 세계를 창작한 뒤 독자에게 진짜로 있는 세계처럼 신뢰를 주어야 한다고 했다. 이영도 작가는 그러한 명제 위에서 꾸준히 좋은 판타지 세계를 구축하고, 그 안에서 다시 자신의 주제 의식이 담긴 모험을 전개하고 있다.

　『시하와 칸타의 장―마트 이야기』(이하 『시하와 칸타의 장』) 역시 이영도 작가 특유의 위트와 해학이 담겨 있는 판타지 소설이지만 기존의 장편소설과는 다른 결이 존재한다. 바로 이 소설은 집단적인 소설 형태로서의 '장르' 판타지가 아니라 '환상' 그 자체에 대해서 다루고 있는, 일종의 판타지에 대한 메타 판타지 소설이기 때문이다.

환상이라는 변증법

현대사회에서 '판타지fantasy'라는 용어가 익숙해진 것은 집단적인 작품군, 즉 '장르genre'의 역할이 컸다. 이를테면 장르 판타지 소설이나, 판타지 장르의 게임 배경들이 큰 역할을 한 것이다. 이때 장르란 다른 작품군과 변별되는 구조적 형상과 의미를 결정짓는 장르소genremes가 특정 관습convention을 토대로 결합한 형식을 의미한다. 장르란 반복되는 상황 속에서 상호작용하는 수사학적 방식이 정형화된 것이란 캐롤린 밀러의 말에서도 알 수 있듯이, 개별 작품이나 한 작가의 스타일은 장르로서 이야기되기 어렵다. 특히 장르소의 다른 이름인 '코드code'의 성질을 떠올리자면 더욱 그렇다. 코드는 개별 서사나 개별 작품을 벗어나 창작자와 독해자가 공유하는 설정의 근간이고 무의식중에 이루어지는 독해의 전기신호다. 이를테면 우리는 '좀비'라는 단어를 들을 때 조지 A 로메오 감독의 작품을 떠올리지 않고도 좀비가 가지고 있는 여러 특징을 열거할 수 있다. 죽었다가 살아나고, 감염이 되고, 인간을 식육하는 존재 말이다. 이러한 코드들이 유사 인접 관계에 따라 구조를 형성하는 것이 장르인 셈이다.

『시하와 칸타의 장』에서 이영도 작가가 들려주는 판타지는 대중매체를 통해 현대사회의 대중문화로 소비되는 서브컬처로서의 '장르 판타지'가 아니다. 그의 소설 속에서 용은 용으로서의 의미가 있고, 간다르바는 간다르바로서의 의미가 있다. 요정은 요정의 의미가 있고 날개옷을 비롯한 다양한 소품적 존재까지 모든 환상종은 그만의 의미와 형식이 존재한다. 이는 이영도 작가가 전작 『눈물을 마시는 새』와 『피를 마시는 새』시리즈에서 보여준 양식이기도 한데 굳이 그가 다루는 판타지 요소의 기원을 찾는다면 그것은 문학 자체에서 나온다. 『칼레발라』나 『쭈옌 끼에우』

『로미오와 줄리엣』이나『투란도트』『오디세이아』 등을 넘나드는 작품의 파편이 끊임없이 소설 속에서 등장하는 것을 보아도 알 수 있다.

우리가 주목해야 하는 건 방사능으로 뒤덮인 포스트 아포칼립스의 세계관의『시하와 칸타의 장』과 세계 바깥, '우리'가 살고 있는 현실을 연결 짓는 매개가 이 예술 텍스트, 그리고 독해하기 위한 도구이자 언어인 '한국어'란 점이다. 환상은 현실의 미메시스로, 현실을 모방했지만 접근축의 굴곡으로 재현된 왜상anamorphosis이다. 로즈메리 잭슨Rosemary Jackson은 '환상'이란 오히려 현실에서 환상은 보이지 않는 것un-seen과 말할 수 없는 것un-said을 적극적으로 명명하고 형상화하고 그것이 현실의 문제를 적극적으로 다룰 수 있는 전복성이라고 이야기했다. 그렇기에 환상은 독자에게 필연적으로 낯선 무언가일 수밖에 없다. 독자가 환상 속으로 들어가기 위해선 어디서부터 현실이고 어디서부터가 환상이며, 이러한 환상과 현실을 융합할 수 있는 중간 지점을 끊임없이 찾는, '환상의 변증법' 과정을 거쳐야 한다.

이영도의 『시하와 칸타의 장』은 그러한 변증법을 통해 '판타지'라는 대상에게 질문을 던지고, 그것에 대한 답을 듣는 것으로 시작한다. 시하는 쥐를 피해 쥐틀로 도망쳐 온 데르긴에게 송곳을 들이밀며 "하나만 대답해. 너 식용이야, 아니야?"(10쪽)라고 묻는다. 데르긴은 그러한 취급이 황당해 다급히 "요정이잖아, 요! 정! 당신 싸구려 쥐틀로 요정을 잡았다고! 쫓기는 바람에 제 발로 당신 쥐틀에 뛰어든 요정!"이라며 자기언명을 한다. 이러한 문답에 이어지는 "신기한 보답"(12쪽)과 "요정이 숨겨놓은 황금 단지"(13쪽) 등을 주목하면 적어도 시하와 데르긴 사이엔 '요정'과 관련된 수많은 환상담이 공유되고 있으며, 동시에 이러한 환상담들은 지금 여기의 시하의 굶주림을 해결해줄 수 없는, 현실과 괴리된 것임을 알 수 있다.

환상담에서 요정은 직접적으로 인간의 소망, 또는 욕망을 해결해주는 존재이다. 이것은 요정뿐만이 아니라 환상이 현현해 인간과 마주하는 방식이 그러하다. 반대로 뒤집으면 환상이 등장한다는 말은 환상으로밖에 해결될 수 없는 거대한 절망과 좌절이 인간에게 존재한다는 뜻이다. 이영도는 데르긴의 입을 통해 이러한 상황을 "불치병으로 섬망에 빠진 사람이 보는 환각 같은"(18쪽) 것이라며 이야기한다. 이렇듯 이영도는 독자가 이영도만의 '환상'에 대해서 이해하기 위한 변증법 과정을 진행하는 초반에 자신이 『시하와 칸타의 장』에서 환상이라는 대상을 어떻게 다룰 것인지, 자신의 환상이 대중 작품에서 나오는 '장르 판타지'와 어떻게 다른지를 본격적으로 배치해 환상에 대해서, 그리고 환상을 통한 예술과 인간과의 관계에 대한 질문을 시작한다. 과거 "장르 판타지는 도구다!"라던 작가 본인의 선언처럼[3] 그는 자신의 소설에 나오는 환상을 적극적으로 도구화하여 "과연 환상이라는 것은 무엇인가? 환상은 어떤 가치를 지니는가?"라는 근원적 질문을 던진 것이다.

---

3) 이영도, 「장르 판타지는 도구다」, 『문학과사회』 2004년 가을호, 2004.

환상이라는 질문

시하를 둘러싼 세계의 형상은 괴이하다. 이영도 작가는 캐릭터들의 대사와 상황을 통해서 이 세계가 직면한 과제를 흩어놓았다. 해당 과제들을 정리하면 아래와 같다.

첫 번째. 250킬로미터 내에서는 요정의 환상으로도 버섯조차 기를 수 없을 정도로 대지가 망가져 있으며, 인류는 그 결과 서서히 멸종해가고 있다.

두 번째. 인류와 세계가 멸종할 때 나타나는 신화적 존재, '환상종'들이 나타났다.

세 번째. 아헨라이즈라고 불리는 용 역시 환상종이기 때문에 현현했고, 그 용이 처음 도착한 곳은 동물원이며, 동물원은 동물을 보호하기 위한 공간인 만큼 보호해야 할 '동물'인 인간을 보호하기로 결심한다.

네 번째. 인류는 죽지 못해서 살아 있는undead 형태로서 더 이상 생존이 어려운 상태이다. 그런 절망적 상황에서 노력하는 존재들이 마트퀸을 필두로 한 마트 패밀리이고, 마트퀸은 인간다운 삶을 위해 필요한 것이 '문화예술'이라고 정의 내렸다.

마트퀸의 이야기는 저인지hypocognition 개념을 떠올리게 한다. 인류학자 밥 레비는 1950년 타히티의 높은 자살률에 대해 연구했으며, 그 결과 타히티에는 '슬픔'이라는 의미의 단어가 없음을 발견한다. '슬픔'이라는 단어가 없는 탓에 그것을 정상적인 감정으로 여길 수 없었을뿐더러 슬픔을 치유하는 의식도, 슬픔을 위로하는 관습도 못 갖게 된 것이다.

이러한 개념을 전달해온 집약체가 바로 문화예술, 즉 '시詩'다. 그리고 드래곤 '아헨라이즈'(일명 헨리)가 인류에게 시를 가르치는 것도 이러한 과정 때문이다. 한 무리의 수장인 마트퀸이 "시해가 뭔데?"(114쪽)라고 묻는 것이나 "오베론은 도대체 누구야?" "트리스탄과 이졸데가 누구냐고 물으려고 했는데 투란도트는 또 누구람"(117쪽)이라고 이야기하는 것을 보아 소설 속 배경은 시와 노래가 사멸한 세계다. 이러한 세계에서 아헨라이즈가 가르치는 문학이란 텍스트를 뛰어넘어 민중의 언어이자 시대의 언어, 사회를 구성하기 위한 수사이자 단순한 사회를 복합적 사회로 변화시킬 수 있는 핵심인 것이다. 그렇기에 소설 속에서 문학은 보물이 되고, 이 보물은 다시 환상종인 드래곤에게 귀속되어 은유의 의미로서 보물이 아니라 실질적 재화이자 욕망의 대상으로서 '보물'이 된다.

요정과 시하는 자신의 능력 범주 바깥의 욕망을 해결하기 위해 절대자인 드래곤 헨리의 도움을 얻어야 한다. 헨리의 도움을 얻기 위해선 헨리가 랜덤하게 읊은 시구절의 대구를 읊어야 한다. 이게 성공하면 헨리는 할 수 있는 일, 경제적인 일, 합리적인 일에 대해서만 해답을 준다. 이런 알고리즘은 실제 세계에서 문학의 질서와 비교해봐도 별반 다르지 않다. 문학은 세상을 아름답게 만들지언정 초월적 도구가 아니다. 오히려 문학은 시하를 끝없이 넘어뜨린다.

시하가 세상을 비관적으로 보는 것은 아이러니하게도 시를 통해서 인간의 감정과 생, 삶을 잘 알고 있기 때문이다. 사랑과 육아, 출산을 이야기하며 영웅적 존재로서 일어서는 마트퀸에게 하는 "당신네 족속에 대한 고발들을 나는 알아"(120쪽)라는 말처럼, 인류에 대해서 너무 잘 알고 있다는 것이 오히려 시하를 인류에게서 멀어지게 만든다. 아니, 오히려 증오하게 만든다.

그렇기에 시하는 사랑을 증오한다. 인류의 생이 끊어지는 과정에서 자신이 태어난 것 자체를 끔찍이 싫어하기 때문이다. 인류가 종말로 달려드는 때 개인의 인생은 어떤 희망도 가질 수 없다. 그래서 시하는 마트로 떠난다는 칸타를 붙잡지 못한다. 칸타를 붙잡는 건 자신의 마음에 솔직해진다는 것인데, 사랑에 솔직해지는 순간 자신역시 한순간의 분위기에 휩쓸려 자신을 낳아버렸던 부모와 동일시되기 때문이다. 이런 세상에서 끔찍하게 살아가야 하는 자신의 처지를 생각하면자신의 후대를 낳는 건 분명 죄악이니까. 시하의 애정 대상인 칸타는 인류의 역사를 기록하는 사람, 그러니까 역사가이자 소설가이며 시인이다. 종말을 대비하는 사람과 기록하는 사람의 관계는 아이러니하다.

흥미로운 건 소설의 마지막 부분이다. 『시하와 칸타의 장』을 이끌어 오던 갈등은 결국 서로의 생명을 잇는 전투로 이어진다. 그 과정에서 인간에게 가해졌던 모든 비극은 인간만의 비극이 아니라 세상에 나타난 모든 존재에게 동일한 일임이 밝혀진다. 인류의 적이라고 생각했던 환상종 캇파는 오히려 인간과 동맹을 맺고 간다르바를 치며, 환상종 간다르바는 그들이 추구하던 압사라가 그들의 생명 말미에 마주하게 될 환상, 전사들의 죽음을 인도하는 발키리에 불과하다는 것을 알게 된다. 그 순간 환상종과 인류 사이에 존재하던 '환자'와 '섬망'이라는 역학 관계가 사라진다. 『시하와 칸타의 장』이라는 작품 속에서 간다르바나 캇파는 고정된 개념으로서의 환상이 아니라 입체적인 동시에 납작한, '인간'이자 '캐릭터'로 전락한 것이다. 인류뿐만이 아니라 환상종조차 이 세계에서 절망한 채 살아야 한다는 현실 속에서 '사랑의 묘약'을 삼킨 시하가 "난 너를 사랑하는 나를 사랑해"(220쪽)라고 선언한 것은 이

때까지 시하가 피해오고 싫어하던 모든 것을 받아들이는 일이기도 하지만 지금까지 줄곧 뚜렷했던 주관에 더 당당해지는 일이기도 하다. 데르긴이 상황을 제대로 파악하지 못하고 "기대해도 되나?"(220쪽)라며 질문을 던진 것도 그러한 탓이다.

『시하와 칸타의 장』은 환상에 대한 질문이다. 그렇기에 이 작품의 대답은 모든 부분에서 양가적이다. 시하가 마신 사랑의 묘약은 형태론적으로 주어와 목적어가 혼란스러운 환상이었으며, 그러한 환상을 마신 시하의 말은 대답이라기보다는 질문인 셈이다. 이러한 환상을 마주한 우리의 대답은 어떠한가.

대중문화에서 환상을 빼면 이제 아무것도 이야기할 수 없는 시대가 왔다. 고증을 중시하던 안방 사극 드라마에서도 환상은 자신의 자리를 굳게 지킨다. 하지만 우리는 환상이 익숙할 뿐, 환상이 무엇인지 모른다. 이 소설의 의의는 우리가 익숙하게 즐기는 환상 그 자체에 대해서 그것이 무엇인지, 우리의 삶에 어떤 역할을 하는지 좀 더 진

지하게 모색해보고자 제언하는 것으로 소임을 다
하였다.

작가의 말

2020년 봄, 드리고 싶은 말은 하나뿐입니다. 여러분 모두의 건강을 기원합니다.

시하와 칸타의 장—마트 이야기

지은이 이영도
펴낸이 김영정

초판 1쇄 펴낸날 2020년 4월 25일
초판 3쇄 펴낸날 2020년 5월 29일

펴낸곳 (주)현대문학
등록번호 제1-452호
주소 06532 서울시 서초구 신반포로 321(잠원동, 미래엔)
전화 02-2017-0280
팩스 02-516-5433
홈페이지 www.hdmh.co.kr

ISBN 978-89-7275-169-4 04810
     978-89-7275-889-1 (세트)

* 책값은 뒤표지에 있습니다.
* 이 도서의 국립중앙도서관 출판예정도서목록(CIP)은 서지정보유통지원
  시스템 홈페이지(http://seoji.nl.go.kr)와 국가자료종합목록 구축시스템
  (http://kolis-net.nl.go.kr)에서 이용하실 수 있습니다.
  (CIP제어번호: CIP2020014945)